沉沦

郁达夫 著

四川大學出版社
SICHUAN UNIVERSITY PRESS

图书在版编目（CIP）数据

沉沦 / 郁达夫著 . -- 成都：四川大学出版社，
2024. 6. -- ISBN 978-7-5690-7044-6

Ⅰ．Ⅰ246.5

中国国家版本馆 CIP 数据核字第 2024W12Q52 号

书　　名：	沉沦
	Chenlun
著　　者：	郁达夫

责任编辑：王小碧
责任校对：喻　震
装帧设计：曾冯璇
责任印制：王　炜

出版发行　四川大学出版社有限责任公司
　　　　　地址：成都市一环路南一段 24 号（610065）
　　　　　电话：（028）85408311（发行部）、85400276（总编室）
　　　　　电子邮箱：scupress@vip.163.com
　　　　　网址：https://press.scu.edu.cn
印前制作　人天兀鲁思（北京）文化传媒有限公司
印刷装订　北京文昌阁彩色印刷有限责任公司

成品尺寸：145mm×210mm
印　　张：7.75
字　　数：167 千字

版　　次：2024 年 7 月 第 1 版
印　　次：2024 年 7 月 第 1 次印刷
定　　价：68.00 元

本社图书如有印装质量问题，请联系发行部调换

版权所有　◆　侵权必究

扫码获取数字资源

四川大学出版社
微信公众号

目 录

1
银灰色的死

18
沉 沦

62
南 迁

119
胃 病

136
怀乡病者

143
春 潮

152
茑萝行

171
采石矶

196
离散之前

208
茫茫夜

银灰色的死

上

　　雪后的东京，比平时更添了几分生气。从富士山顶吹下来的微风，总凉不了满都男女的白热的心肠。一千九百二十年前，在伯利恒的天空游动的那颗明星出现的日期又快到了。街街巷巷的店铺，都装饰得同新郎新妇一样，竭力的想多吸收几个顾客，好添些年终的利泽。这正是贫儿富主，一样多忙的时候。这也是逐客离人，无穷伤感的时候。

　　在上野不忍池的近边，在一群乱杂的住屋的中间，有一间楼房，立在澄明的冬天的空气里。这一家人家，在这年终忙碌的时候，好像也没有什么生气似的，楼上的门窗，还紧紧的闭在那里。金黄的日球，离开了上野的丛林，已经高挂在海青色的天体中间，悠悠的在那里笑人间的多事了。

　　太阳的光线，从那紧闭的门缝中间，斜射到他的枕上的时候，他那一双同胡桃似的眼睛，就睁开了。他大约已经有二十四五岁的年纪。在黑漆漆的房内的光线里，他的脸色更加觉得灰白，从他面上左右高出的颧骨，同眼下的深深的眼窝看来，他却是一个清瘦的人。

他开了半只眼睛，看看桌上的钟，长短针正重叠在 X 字的上面。开了口，打了一个呵欠，他并不知道他自家是一个大悲剧的主人公，又仍旧嘶嘶的睡着了。半醒半觉的睡了一忽，听着间壁的挂钟打了十一点之后，他才跳出被来。胡乱地穿好了衣服，跑下了楼，洗了手面，他就套上了一双破皮鞋，跑出外面去了。

他近来的生活状态，比从前大有不同的地方。自从十月底到如今，两个月的中间，他总每是昼夜颠倒的要到各处酒馆里去喝酒。东京的酒馆，当炉的大约都是十七八岁的少妇。他虽然知道她们是想骗他的金钱，所以肯同他闹，同他玩的，然而一到了太阳西下的时候，他总不能在家里好好的住着。有时候他想改过这恶习惯来，故意到图书馆里去取他平时所爱读的书来看，然而到了上灯的时候，他的耳朵里，忽然会有各种悲凉的小曲儿的歌声听见起来；他的鼻孔里，也会有脂粉，香油，油沸鱼肉，香烟醇酒的混合的香味到来；他的书的字里行间，忽然会跳出一个红白的脸色来。一双迷人的眼睛，一点一点的扩大起来。同蔷薇花苞似的嘴唇，渐渐儿的开放起来，两颗笑靥，也看得出来了。洋磁似的一排牙齿，也看得出来了。他把眼睛一闭，他的面前，就有许多妙年的妇女坐在红灯的影里，微微的在那里笑着。也有斜视他的，也有点头的，也有把上下的衣服脱下来的，也有把雪样嫩的纤手伸给他的。到了那个时候，他总会不知不觉的跟了那只纤手跑去，同做梦的一样，走了出来。等到他的怀里有温软的肉体坐着的时候，他才知道他是已经不在图书馆内了。

昨天晚上，他也在这样的一家酒馆里坐到半夜过后一点钟的时候，才走出来，那时候他的神志已经不清了，在路上跌来跌去的走了一会，看看四周并不能看见一个人影，万户千门，都寂寂的闭在那里，只有一行参差不齐的门灯，黄黄的在街上投射出了几处朦胧的黑影。街心的两条电车的路线，在那里放磷火似的青光。他立住了足，靠着了大学的铁栏杆，仰起头来就看见了那十三夜的明月，同银盆似的浮在淡青色的空中。他再定睛向四面一看，才知道清静的电车线路上，电柱上，电线上，歪歪斜斜的人家的屋顶上，都洒满了同霜也似的月光。他觉得自家一个人孤冷得很，好像同遇着了风浪后的船夫，一个人在北极的雪世界里漂泊着的样子。背靠着了铁栏杆，他尽在那里看月亮。看了一会，他那一双衰弱得同老犬似的眼睛里，忽然滚下了两颗眼泪来。去年夏天，他结婚的时候的景象，同走马灯一样，旋转到他的眼前来了。

三面都是高低的山岭，一面宽广的空中，好像有江水的气味蒸发过来的样子。立在山中的平原里，向这空空荡荡的方面一望，人们便能生出一种灵异的感觉来，知道这天空的底下，就是江水了。在山坡的煞尾的地方，在平原的起头的区中，有几点人家，沿了一条同曲线似的青溪，散在疏林蔓草的中间。在一个多情多梦的夏天的深更里，因为天气热得很，他同他新婚的夫人，睡了一会，又从床上爬了起来，到朝溪的窗口去纳凉去。灯火已经吹灭了，月光从窗里射了进来。在藤椅上坐下之后，他看见月光射在他夫人的脸上。定睛一看，他觉得她的脸色，同大理白石的雕刻没有半点分别。看了一会，他心里害怕起来，就不知不觉的伸出了右手，摸上她的面上去。

"怎么你的面上会这样凉的？"

"轻些儿吧，快三更了，人家已经睡着在那里，别惊醒了他们。"

"我问你，唉，怎么你的面上会一点儿血色都没有的呢？"

"所以我总是要早死的呀！"

听了她这一句话，他觉得眼睛里一霎时的热了起来。不知是什么缘故，他就忽然伸了两手，把她紧紧的抱住了。他的嘴唇贴上她的面上的时候，他觉得她的眼睛里，也有两条同山泉似的眼泪在流下来。他们两人肉贴肉的泣了许久，他觉得胸中渐渐儿的舒爽起来了，望望窗外，远近都洒满了皎洁的月光。抬头看看天，苍苍的天空里，有一条薄薄的云影，浮漾在那里。

"你看那天河。……"

"大约河边的那颗小小的星儿，就是我的星宿了。"

"什么星呀？"

"织女星。"

说到这里，他们就停着不说下去了。两人默默地坐了一会，他尽眼看着那一颗小小的星，低声的对她说：

"我明年未必能回来,恐怕你要比那织女星更苦咧。"

他靠住了大学的铁栏杆,呆呆的尽在那里对了月光追想这些过去的情节。一想到最后的那一句话,他的眼泪便连连续续的流了下来,他的眼睛里,忽然看得见一条溪水来了。那一口朝溪的小窗,也映到了他的眼睛里来,沿窗摆着的一张漆的桌子,也映到了他的眼睛里来。桌上的一张半明不灭的洋灯,灯下坐着的一个二十岁前后的女子,那女子的苍白的脸色,一双迷人的大眼,小小的嘴唇的曲线,灰白的嘴唇,都映到了他的眼睛里来。他再也支持不住了,摇了一摇头,便自言自语的说:

"她死了,她是死了,十月二十八日那一个电报,总是真的。十一月初四的那一封信,总也是真的,可怜她吐血吐到气绝的时候,还在那里叫我的名字。"

一边流泪,一边他就站起来走,他的酒已经醒了,所以他觉得冷起来。到了这深更半夜,他也不愿意再回到他那同地狱似的家里去。他原来是寄寓在他的朋友的家里的,他住的楼上,也没有火钵,也没有生气,只有几本旧书,横摊在黄灰色的电灯光里等他,他愈想愈不愿意回去了,所以他就慢慢地走上上野的火车站去。原来日本火车站上的人是通宵不睡的,待车室里,有火炉生在那里,他上火车站去,就是想去烤火去的。

一直走到了火车站,清冷的路上并没有一个人同他遇见,进了车站,他在空空寂寂的长廊上,只看见两排电灯,在那里黄黄的放光。

卖票房里，坐着二三个女事务员，在那里打呵欠。进了二等待车室，半醒半睡的坐了两个钟头，他看看火炉里的火也快完了。远远的有机关车的车轮声传来。车站里也来了几个穿制服的人在那里跑来跑去的跑，等了一会，从东北来的火车到了。车站上忽然热闹了起来，下车的旅客的脚步声同种种的呼唤声，混作了一处，传到他的耳膜上来，跟了一群旅客，他也走出火车站来了。出了车站，他仰起头来一看，只见苍色圆形的天空里，有无数星辰，在那里微动，从北方忽然来了一阵凉风，他觉得有点冷得难耐的样子。月亮已经下山了。街上有几个早起的工人，拉了车慢慢的在那里行走，各店家的门灯，都像倦了似的还在那里放光。走到上野公园的西边的时候，他忽然长叹了一声。朦胧的灯影里，息息索索的飞了几张黄叶下来，四边的枯树都好像活了起来的样子，他不觉打了一个冷噤，就默默的站住了。静静儿的听了一会，他觉得四边并没有动静，只有那辘辘的车轮声，同在梦里似的很远很远，断断续续的仍在传到他的耳朵里来，他才知道刚才的不过是几张落叶的声音。他走过观月桥的时候，只见池的彼岸一排不夜的楼台都沉在酣睡的中间。两行灯火，好像在那里嘲笑他的样子，他到家睡下的时候，东方已经灰白起来了。

中

这一天又是一天初冬好天气，午前十一点钟的时候，他急急忙忙的洗了手面，套上了一双破皮鞋，就跑出到外面来。

在蓝苍的天盖下，在和软的阳光里，无头无脑的走了一个钟头的样子，他才觉得饥饿起来了。身边摸摸看，他的皮包里，还有五元余钱剩在那里。半月前头，他看看身边的物件，都已卖完了，所以不得不把他亡妻的一个金刚石的戒指，当入当铺。他的亡妻的最后的这纪念物，只值了一百六十元钱，用不上半个月，如今也只有五元钱存在了。

"亡妻呀亡妻，你饶了我吧！"

他凄凉了一阵，羞愧了一阵，终究还不得不想到他目下的紧急的事情上去。他的肚里尽管在那里叽哩咕噜的响。他算算看这五元余钱，断不能在上等的酒馆里去吃得醉饱，所以他就决意想到他无钱的时候常去的那一家酒馆里去。

那一家酒家，开设在植物园的近边，主人是一个五十光景的寡妇，当炉的就是这老寡妇的女儿，名叫静儿。静儿今年已经是二十岁了。容貌也只平常，但是她那一双同秋水似的眼睛，同白色人种似的高鼻，不知是什么理由，使得见过她一面的人，总忘她不了。并且静儿的性质和善得非常，对什么人总是一视同仁，装着笑脸的。她们那里，因为客人不多，所以并没有厨子。静儿的母亲，从前也在西洋菜馆里当过炉的，因此她颇晓得些调味的妙诀。他从前身边没有钱的时候，大抵总跑上静儿家里去的，一则因为静儿待他周到得很，二则因为他去惯了，静儿的母亲也信用他，无论多少，总肯替他挂账的。他酒醉的时候，每对静儿说他的亡妻是怎么好，怎么好，怎么被他母亲虐待，怎么的染了肺病，死的时候，怎么的盼望他。说到伤心的地方，他每流下泪来，静儿有时候也肯陪他哭的。他在静儿家里进出，虽然还不上两个月，然而静儿待他，竟好像同待几年前的老友一样了。静儿有时候有不快活的事情，也都告诉他的。据静儿说，无论男人女人，有秘密的事情，或者有伤心的事情的时候，总要有一个朋友，互相劝慰的能够讲讲才好。他同静儿，大约就是一对能互相劝慰的朋友了。

半月前头，他也不知道从什么地方听来的，只听说静儿"要嫁人去了"。他因为不愿意直接把这话来问静儿，所以他只是默默的在那里察静儿的行状。因为心里有了这一条疑心，所以他觉得静儿待他的态度，比从前总有些不同的地方。有一天将夜的时候，他正在静儿家坐着喝酒，忽然来了一个三十来岁的男人。静儿见了这男人，就丢下了他，去同那男人去说话去。静儿走开了，所以他只能同静儿的母亲去说些无关紧要的闲话。然而他一边说话，一边却在那里注意静儿和那男人的举动。等了半点多钟，静儿还尽在那里同那男人说笑，他等得不耐烦起来，就同伤弓的野兽一般，匆匆的走了。自从那一天起，到如今却有半个月的光景，他还没有上静儿家里去过。同静儿绝交之后，他喝酒更加厉害，想他亡妻的心思，也比从前更加沉痛了。

"能互相劝慰的知心好友，我现在上哪里去找得出这样的一个朋友呢！"

近来他于追悼亡妻之后,总要想到这一段结论上去。有时候他的亡妻的面貌,竟会同静儿的混到一处来。同静儿绝交之后,他觉得更加哀伤更加孤寂了。

他身边摸摸看,皮包里的钱只有五元余了。他就想把这事作了口实,跑上静儿的家里去。一边这样想,一边他又想起《坦好直》(Tannhäuser)[①]里边的"盍县罢哈"(Wolfram von Eschenbach)[②]来。

"千古的诗人盍县罢哈呀!我佩服你的大量。我佩服你真能用高洁的心情来爱'爱利查陪脱'。"

想到这里,他就唱了两句《坦好直》里边的唱句:

Dort ist sie;——nahe dich ihr ungestört!

So flieht für dieses Leben

Mir jeder Hoffnung schein!

(Wagner's Tannhäeuser)

(你且去她的裙边,去算清了你们的相思旧债!)

(可怜我一生孤冷!你看那镜里的名花,又成了泡影!)

---

① 德国作曲家理查德·瓦格纳(1813—1883)的歌剧《唐豪瑟》。
② 即沃尔夫拉姆·冯·埃申巴赫(1170—1220),德国诗人,代表作有宫廷骑士史诗《帕尔齐法尔》。

念了几遍,他就自言自语的说:

"我可以去的,可以上她家里去的,古人能够这样的爱她的情人,我难道不能这样的爱静儿么?"

看他的样子,好像是对了人家在那里辩护他目下的行为似的,其实除了他自家的良心以外,却并没有人在那里责备他。

迟迟的走到静儿家里的时候,她们母女两个,还刚才起来。静儿见了他,对他微微的笑了一脸,就问他说:

"你怎么这许久不上我们家里来?"

他心里想说:

"你且问问你自家看吧!"

但是见了静儿的那一副柔和的笑容,他什么也说不出来了,所以他只回答说:"我因为近来忙得非常。"

静儿的母亲听了他这一句话之后,就佯嗔佯怒的问他说:

"忙得非常?静儿的男人说近来你倒还时常上他家里去喝酒去的呢。"

静儿听了她母亲的话,好像有些难以为情的样子,所以叫她母亲说:

"妈妈!"

他看了这些情节,就追问静儿的母亲说:

"静儿的男人是谁呀?"

"大学前面的那一家酒馆的主人，你还不知道么？"

他就回转头来对静儿说：

"你们的婚期是什么时候？恭喜你，希望你早早生一个儿子，我们还要来吃喜酒哩。"

静儿对他呆看了一忽，好像要哭出来的样子。停了一会，静儿问他说："你喝酒么？"

他听她的声音，好像是在那里颤动似的。他也忽然觉得凄凉起来，一味悲酸，仿佛像晕船的人的呕吐，从肚里挤上了心来。他觉得一句话也说不出口了，只能把头点了几点，表明他是想喝酒的意思。他对静儿看了一眼，静儿也对他看了一眼，两人的视线，同电光似的闪发了一下，静儿就三脚两步的跑出外面去替他买下酒的菜去了。

静儿回来了之后，她的母亲就到厨下去做菜去，菜还没有好，酒已经热了。静儿就照常的坐在他面前，替他斟酒，然而他总不敢抬起头来看静儿一眼，静儿也不敢仰起头来看他。静儿也不言语，他也只默默的在那里喝酒。两人呆呆的坐了一会，静儿的母亲从厨下叫静儿说：

"菜做好了，你拿了去吧！"

静儿听了这话，却兀的仍是不动。他不知不觉的偷看了一眼，静儿是在落眼泪了。

他胡乱的喝了几杯酒，吃了几盘菜，就歪歪斜斜的走了出来。外边街上，人声嘈杂得很。穿过了一条街，他就走到了一条清净的路上，走了几步，走上一处朝西的长坡的时候，看着太阳已经打斜了。远远的回转头来一看，植物园内的树林的梢头，都染成了一片绛黄的颜色，他也不知是什么缘故，对了西边地平线上溶在太阳光里的远山，和远近的人家的屋瓦上的残阳，都起了一种惜别的心情。呆呆的看了一会，他就回转了身，背负了夕阳的残照，向东的走上长坡去了。

同在梦里一样，昏昏的走进了大学的正门之后，他忽听见有人叫他说：

"Y君，你上哪里去！年底你住在东京么？"

他仰起头来一看，原来是他的一个同学。新剪的头发，穿了一套新做的洋服，手里拿了一只旅行的藤箧，他大约是预备回家去过年的。他对他同学一看，就作了笑容，慌慌忙忙的回答说：

"是的，我什么地方都不去，你回家去过年么？"

"对了，我是回家去的。"

"你看见你情人的时候，请你替我问问安吧。"

"可以的，她恐怕也在那里想你咧。"

"别取笑了，愿你平安回去，再会再会。"

"再会再会，哈……"

他的同学走开之后，他一个人冷冷清清的在薄暮的大学园中，呆呆的立了许多时候，好像是疯了似的。呆了一会，他又慢慢的向前走去，一边却在自言自语的说：

"他们都回家去了。他们都是有家庭的人。Oh! Home! Sweet home!①"

他无头无脑的走到了家里,上了楼,在电灯底下坐了一会,他那昏乱的脑髓,把刚才在静儿家里听见过的话又重新想了出来:

"不错不错,静儿的婚期,就在新年的正月里了。"

他想了一会,就站了起来,把几本旧书,捆作一包,不慌不忙的把那一包旧书拿到了学校前边的一家旧书铺里。办了一个天大的交涉,把几个大天才的思想,仅仅换了九元余钱,还有一本英文的诗文集,因为旧书铺的主人,还价还得太贱了,所以他仍旧留着,没有卖去。

得了九元余钱,他心里虽然在那里替那些著书的天才抱不平,然而一边却满足得很。因为有了这九元余钱,他就可以谋一晚的醉饱,并且他的最大的目的,也能达得到了——就是用几元钱去买些礼物送给静儿的这一件事情。

从旧书铺走出来的时候,街上已经是黄昏的世界了,在一家卖给女子用的装饰品的店里,买了些丽绷(ribbon)的犀簪同两瓶紫罗兰的香水,他就一直跑回到了静儿的家里。

静儿不在家,她的母亲只有一个人在那里烤火,见他又进来了,静儿的母亲好像有些嫌恶他的样子,所以就问他说:

---

① 英文:噢!家!甜蜜的家!

沉 沦

"怎么你又来了？"

"静儿上哪里去了？"

"去洗澡去了。"

听了这话，他就走近她的身边去，把怀里藏着的那些丽绷香水拿了出来，并且对她说：

"这一些儿微物，请你替我送给静儿，就算作了我送给她的嫁礼吧。"

静儿的母亲见了那些礼物，就满脸装起笑容来说：

"多谢多谢，静儿回来的时候，我再叫她来道谢吧。"

他看看天色已经晚了，就叫静儿的母亲再去替他烫一瓶酒，做几盘菜来，他喝酒正喝到第二瓶的时候，静儿回来了。静儿见他又坐在那里喝酒，不觉呆了一呆，就向他说：

"啊，你又……"

静儿到厨下去转了一转，同她的母亲说了几句话，就回到他这里来。他以为她是来道谢的，然而关于刚才的礼物的话，她却一句也不说，呆呆的坐在他的面前，尽一杯一杯的只在那里替他斟酒。到后来他拼命的叫她取酒的时候，静儿就红了两眼，对他说：

"你不喝了吧，喝了这许多酒，难道还不够么？"

他听了这话，更加痛饮起来了。他心里的悲哀的情调，正不知从哪里说起才好，他一边好像是对了静儿已经复了仇，一边好像也是在那里哀悼自家的样子。

在静儿的床上醉卧了许久,到了半夜后二点钟的时候,他才跟跟跄跄的跑出静儿的家来。街上岑寂得很,远近都洒满了银灰色的月光,四边并无半点动静,除了一声两声的幽幽犬吠声之外,这广大的世界,好像是已经死绝了的样子。跌来跌去的走了一会,他又忽然遇着了一个卖酒食的夜店。他摸摸身边看,袋里还有四五张五角钱的钞票剩在那里。在夜店里他又重新饮了一个尽量。一霎时他觉得大地高天,和四周的房屋,都在那里旋转的样子。倒前冲后的走了两个钟头,他只见他的面前现出了一块大大的空地来。月光的凉影,同各种物体的黑影,混作了一团,映到了他的眼里。

"此地大约已经是女子医学专门学校了吧。"

这样的想了一想,神志清了一清,他的脑里,又起了痉挛,他又不是现在的他了。几天前的一场情景,又同电影似的,飞到了他的眼前。

天上飞满暗灰色的寒云,北风紧得很,在落叶萧萧的树影里,他站在上野公园的精养轩的门口,在那里接客。这一天是他们同乡开会欢迎W氏的日期,在人来人往之中,他忽然看见一个十七八岁的女子,穿了女子医学专门学校的制服,不忙不迫的走来赴会。他起初见她面的时候,不觉呆了一呆。等那女子走近他身边的时候,他才同梦里醒转来的人一样,慌慌忙忙走上前去,对她说:

"你把帽子外套脱下来交给我吧。"

两个钟头之后,欢迎会散了。那时候差不多已经有五点钟的光景。出口的地方，取帽子外套的人，挤得厉害。他走下楼来的时候，见那女子还没穿外套，呆呆的立在门口，所以他就走上去问她说：

"你的外套去取了没有？"

"还没有。"

"你把那铜牌交给我，我替你去取吧。"

"谢谢。"

在苍茫的夜色中，他见了她那一副细白的牙齿，觉得心里爽快得非常。把她的外套帽子取来了之后，他就跑过后面去，替她把外套穿上了。她回转头来看了他一眼，就急急的从门口走了出去。他追上了一步，放大了眼睛看了一忽，她那细长的影子，就在黑暗的中间消失了。

想到这里，他觉得她那纤软的身体似乎刚在他面前擦过的样子。

"请你等一等吧！"

这样的叫了一声，上前冲了几步，他那又瘦又长的身体，就横倒在地上了。

月亮打斜了。女子医学校前的空地上，又增了一个黑影，四边静寂得很。银灰色的月光，洒满了那一块空地，把世界的物体都净化了。

下

十二月二十六日的早晨，太阳依旧由东方升了起来，太阳的光线，射到牛达区役所前的揭示场的时候，有一个区役所老仆，拿了一张告示，正在贴上揭示场的板去。那一张告示说：

　　行路病者，年龄约可二十四五之男子一名，身长五尺五寸，貌瘦；色枯黄，颧骨颇高，发长数寸，乱披额上，此外更无特征。

　　衣黑色哔叽旧洋服一袭。衣袋中有 Ernest Dowson's *Poems and Prose*[①] 一册，五角钞票一张，白绫手帕一方，女人物也，上有 S.S. 等略字。身边遗留有黑色软帽一顶，脚穿黄色浅皮鞋，左右各已破损了。

　　病为脑溢血。本月二十六日午前九时，在牛达若松町女子医学专门学校前之空地上发见，距死时约可四小时。固不知死者姓名住址，故为代付火葬。

牛达区役所示

一九二〇年作

---

① 英国诗人欧内斯特·道森（1867—1900）著的《诗歌散文集》。

沉 沦

一

他近来觉得孤冷得可怜。

他的早熟的性情,竟把他挤到与世人绝不相容的境地去,世人与他的中间介在的那一道屏障,愈筑愈高了。

天气一天一天的清凉起来,他的学校开学之后,已经快半个月了。那一天正是九月的二十二日。

晴天一碧,万里无云,终古常新的皎日,依旧在她的轨道上,一程一程的在那里行走。从南方吹来的微风,同醒酒的琼浆一般,带着一种香气,一阵阵的拂上面来。在黄苍未熟的稻田中间,在弯曲同白线似的乡间的官道上面,他一个人手里捧了本六寸长的Wordsworth[①]的诗集,尽在那里缓缓的独步。在这大平原内,四面并无人影;不知从何处飞来的一声两声的远吠声,悠悠扬扬的传到他

---

① 华兹华斯(1770—1850),英国19世纪浪漫主义诗人。

耳膜上来。他眼睛离开了书，同做梦似的向有犬吠声的地方看去，但看见了一丛杂树，几处人家，同鱼鳞似的屋瓦上，有一层薄薄的蜃气楼，同轻纱似的，在那里飘荡。"Oh, you serene gossamer! You beautiful gossamer!"①

这样的叫了一声，他的眼睛里就涌出了两行清泪来，他自己也不知道是什么缘故。

呆呆的看了好久，他忽然觉得背上有一阵紫色的气息吹来，息索的一响，道旁的一枝小草，竟把他的梦境打破了，他回转头来一看，那枝小草还是颠摇不已，一阵带着紫罗兰气息的和风，温微微的喷到他那苍白的脸上来。在这清和的早秋的世界里，在这澄清透明的以太（Ether）②中，他的身体觉得同陶醉似的酥软起来。他好像是睡在慈母怀里的样子。他好像是梦到了桃花源里的样子。他好像是在南欧的海岸，躺在情人膝上，在那里贪午睡的样子。

他看看四边，觉得周围的草木，都在那里对他微笑。看看苍空，觉得悠久无穷的大自然，微微的在那里点头。一动也不动的向天看了一会，他觉得天空中，有一群小天神，背上插着了翅膀，肩上挂着了弓箭，在那里跳舞。他觉得乐极了。便不知不觉开了口，自言自语的说：

---

① 英文：哦，你这宁静的薄纱！你这美丽的薄纱！
② 英文：苍穹。

沉 沦

"这里就是你的避难所。世间的一般庸人都在那里妒忌你,轻笑你,愚弄你;只有这大自然,这终古常新的苍空皎日,这晚夏的微风,这初秋的清气,还是你的朋友,还是你的慈母,还是你的情人,你也不必再到世上去与那些轻薄的男女共处去,你就在这大自然的怀里,这纯朴的乡间终老了罢。"

这样的说了一遍,他觉得自家可怜起来,好像有万千哀怨,横亘在胸中,一口说不出来的样子。含了一双清泪,他的眼睛又看到他手里的书上去。

> Behold her, single in the field,
> You solitary Highland lass!
> Reaping and singing by herself;
> Stop here, or gently pass!
> Alone she cuts, and binds the grain,
> And sings a melancholy strain;
> Oh, listen! for the vale profound,
> Is overflowing with the sound.

看了这一节之后,他又忽然翻过一张来,脱头脱脑的看到那第三节去。

Will no one tell me what she sings?

Perhaps the plaintive numbers flow

For old, unhappy, far-off things,

And battle long ago:

Or is it some more humble lay,

Familiar matter of today?

Some natural sorrow, loss, or pain,

That has been and may be again!

  这也是他近来的一种习惯，看书的时候，并没有次序的。几百页的大书，更可不必说了，就是几十页的小册子，如爱美生[①]的《自然论》（Emerson's *On Nature*），沙罗[②]的《逍遥游》（Thoreau's *Excursions*）之类，也没有完完全全从头至尾的读完一篇过。当他起初翻开一册书来看的时候，读了四行五行或一页二页，他每被那一本书感动，恨不得要一口气把那一本书吞下肚子里去的样子，到读了三页四页之后，他又生起一种怜惜的心来，他心里似乎说：

  "像这样的奇书，不应该一口气就把它念完，要留着细细儿的咀嚼才好。一下子就念完了之后，我的热望也就不得不消灭，那时

---

① 即美国19世纪著名的文学家、思想家爱默生。

② 即梭罗。

候我就没有好望,没有梦想了,怎么使得呢?"

他的脑里虽然有这样的想头,其实他的心里早有一些儿厌倦起来,到了这时候,他总把那本书收过一边,不再看下去。过几天或者过几个钟头之后,他又用了满腔的热忱,同初读那一本书的时候一样的,去读另外的书去;几日前或者几点钟前那样的感动他的那一本书,就不得不被他遗忘了。

放大了声音把渭迟渥斯①的那两节诗读了一遍之后,他忽然想把这一首诗用中国文翻译出来。

《孤寂的高原刈稻者》

他想想看,*The Solitary Highland Reaper* 诗题只有如此的译法。

你看那个女孩儿,她只一个人在田里,

你看那边的那个高原的女孩儿,她只一个人冷清清地!

她一边刈稻,一边在那儿唱着不已;

她忽儿停了,忽儿又过去了,轻盈体态,风光细腻!

她一个人,刈了,又重把稻儿捆起,

她唱的山歌,颇有些儿悲凉的情味;

---

① 即华兹华斯。

听呀听呀！这幽谷深深，
全充满了她的歌唱的清音。

有人能说否，她唱的究竟是什么？
或者她那万千的痴话，
是唱的前代的哀歌，
或者是前朝的战事，千兵万马；
或者是些坊间的俗曲，
便是目前的家常闲说？
或者是些天然的哀怨，必然的丧苦，自然的悲楚，
这些事虽是过去的回思，将来想亦必有人指诉。

他一口气译了出来之后，忽又觉得无聊起来，便自嘲自骂的说：

"这算是什么东西呀，岂不同教会里的赞美歌一样的乏味么？英国诗是英国诗，中国诗是中国诗，又何必译来对去呢！"

这样的说了一句，他不知不觉便微微儿的笑起来。向四边一看，太阳已经打斜了；大平原的彼岸，西边的地平线上，有一座高山，浮在那里，饱受了一天残照，山的周围酝酿成一层朦朦胧胧的岚气，反射出一种紫不紫红不红的颜色来。

他正在那里出神呆看的时候，喀的咳嗽了一声，他的背后忽然来了一个农夫。回头一看，他就把他脸上的笑容改装成一副忧郁的

面色,好像他的笑容是怕被人看见的样子。

二

他的忧郁症愈闹愈甚了。

他觉得学校里的教科书,味同嚼蜡,毫无半点生趣。天气清朗的时候,他每捧了一本爱读的文学书,跑到人迹罕至的山腰水畔,去贪那孤寂的深味去。在万籁俱寂的瞬间,在水天相映的地方,他看看草木虫鱼,看看白云碧落,便觉得自家是一个孤高傲世的贤人,一个超然独立的隐者。有时在山中遇着一个农夫,他便把自己当作了 Zarathustra[①],把 Zarathustra 所说的话,也在心里对那农夫讲了。他的 megalomania[②] 也同他的 hypochondria[③] 成了正比例,一天一天的增加起来。在这样的时候,也难怪他不愿意上学校去,去作那同机械一样的工夫去。他竟有接连四五天不上学校去听讲的时候。

有时候他到学校里去,他每觉得众人都在那里凝视他的样子。他避来避去想避他的同学,然而无论到了什么地方,他的同学的眼光,总好像怀了恶意,射在他的背脊上面。

---

① 查拉图斯特拉,是尼采哲学著作《查拉图斯特拉如是说》中的主人公。
② 英文:自大狂。
③ 英文:疑病症。

上课的时候,他虽然坐在全班学生的中间,然而总觉得孤独得很;在稠人广众之中感得的这种孤独,倒比一个人在冷清的地方,感得的那种孤独还更难受。看看他的同学,一个个都是兴高采烈的在那里听先生的讲义,只有他一个人身体虽然坐在讲堂里头,心思却同飞云逝电一般,在那里作无边无际的空想。

好容易下课的钟声响了!先生退去之后,他的同学说笑的说笑,谈天的谈天,个个都同春来的燕雀似的,在那里作乐;只有他一个人锁了愁眉,舌根好像被千钧的巨石锤住的样子,兀的不作一声。他也很希望他的同学来对他讲些闲话,然而他的同学却都自家管自家的去寻欢作乐去,一见了他那一副愁容,没有一个不抱头奔散的,因此他愈加怨他的同学了。

"他们都是日本人,他们都是我的仇敌,我总有一天来复仇,我总要复他们的仇。"

一到了悲愤的时候,他总这样的想的,然而到了安静之后,他又不得不嘲骂自家说:

"他们都是日本人,他们对你当然是没有同情的,因为你想得他们的同情,所以你怨他们,这岂不是你自家的错误么?"

他的同学中的好事者,有时候也有人来向他说笑的,他心里虽然非常感激,想同那一个人谈几句知心的话,然而口中总说不出什么话来;所以有几个解他的意的人,也不得不同他疏远了。

他的同学日本人在那里欢笑的时候,他总疑他们是在那里笑他,

沉　沦

他就一霎时的红起脸来。他们在那里谈天的时候，若有偶然看他一眼的人，他又忽然红起脸来，以为他们是在那里讲他。他同他同学中间的距离，一天一天的远背起来，他的同学都以为他是爱孤独的人，所以谁也不敢来近他的身。

有一天放课之后，他挟了书包回到他的旅馆里来，有三个日本学生系同他同路的。将要到他寄寓的旅馆的时候，前面忽然来了两个穿红裙的女学生。在这一区市外的地方，从没有女学生看见的，所以他一见了这两个女子，呼吸就紧缩起来。他们四个人同那两个女子擦过的时候，他的三个日本人的同学都问她们说：

"你们上哪儿去？"

那两个女学生就作起娇声来回答说：

"不知道！"

"不知道！"

那三个日本学生都高声笑起来，好像是很得意的样子；只有他一个人似乎是他自家同她们讲了话似的，害了羞，匆匆跑回旅馆里来。进了他自家的房，把书包用力的向席上一丢，他就在席上躺下了。他的胸前还在那里乱跳，用了一只手枕着头，一只手按着胸口，他便自嘲自骂的说：

"You coward fellow, you are too coward！"①

---

① 英文：你这个胆小鬼，你太懦弱了！

"你既然怕羞,何以又要后悔?

"既要后悔,何以当时你又没有那样的胆量,不同她们去讲一句话?

"Oh, coward, coward!"

说到这里,他忽然想起刚才那两个女学生的眼波来了。

那两双活泼泼的眼睛!

那两双眼睛里,确有惊喜的意思含在里头。然而再仔细想了一想,他又忽然叫起来说:

"呆人呆人!她们虽有意思,与你有什么相干?她们所送的秋波,不是单送给那三个日本人的么?唉!唉!她们已经知道了,已经知道我是支那人了,否则她们何以不来看我一眼呢!复仇复仇,我总要复她们的仇。"

说到这里,他那火热的颊上忽然滚了几颗冰冷的眼泪下来。他是伤心到极点了。这一天晚上,他记的日记说:

我何苦要到日本来,我何苦要求学问。既然到了日本,那自然不得不被他们日本人轻侮的。中国呀中国!你怎么不富强起来,我不能再隐忍过去了。

故乡岂不有明媚的山河,故乡岂不有如花的美女?我何苦要到这东海的岛国里来!

到日本来倒也罢了,我何苦又要进这该死的高等学校。

沉 沦

他们留了五个月学回去的人，岂不在那里享荣华安乐么？这五六年的岁月，教我怎么能挨得过去。受尽了千辛万苦，积了十数年的学识，我回国去，难道定能比他们来胡闹的留学生更强么？

人生百岁，年少的时候，只有七八年的光景，这最纯最美的七八年，我就不得不在这无情的岛国里虚度过去，可怜我今年已经是二十一了。

槁木的二十一岁！

死灰的二十一岁！

我真还不如变了矿物质的好，我大约没有开花的日子了。

知识我也不要，名誉我也不要，我只要一个安慰我体谅我的"心"。一副白热的心肠！从这一副心肠里生出来的同情！从同情而来的爱情！

我所要求的就是爱情！

若有一个美人，能理解我的苦楚，她要我死，我也肯的。

若有一个妇人，无论她是美是丑，能真心真意的爱我，我也愿意为她死的。

我所要求的就是异性的爱情！

苍天呀苍天，我并不要知识，我并不要名誉，我也不要那些无用的金钱，你若能赐我一个伊甸园内的"伊扶"，使她的肉体与心灵，全归我有，我就心满意足了。

三

　　他的故乡，是富春江上的一个小市，去杭州水程不过八九十里。这一条江水，发源安徽，贯流全浙，江形曲折，风景常新，唐朝有一个诗人赞这条江水说"一川如画"。他十四岁的时候，请了一位先生写了这四个字，贴在他的书斋里，因为他的书斋的小窗，是朝着江面的。虽则这书斋结构不大，然而风雨晦明，春秋朝夕的风景，也还抵得过滕王高阁。在这小小的书斋里过了十几个春秋，他才跟了他的哥哥到日本来留学。

　　他三岁的时候就丧了父亲，那时候他家里困苦得不堪。好容易他长兄在日本W大学卒了业，回到北京，考了一个进士，分发在法部当差，不上两年，武昌的革命起来了。那时候他已在县立小学堂卒了业，正在那里换来换去的换中学堂。他家里的人都怪他无恒性，说他的心思太活；然而依他自己讲来，他以为他一个人同别的学生不同，不能按部就班的同他们同在一处求学的。所以他进了K府中学之后，不上半年又忽然转了H府中学来；在H府中学住了三个月，革命就起来了。H府中学停学之后，他依旧只能回到那小小的书斋里来。第二年的春天，正是他十七岁的时候，他就进了H大学的预科。这大学是在杭州城外，本来是美国长老会捐钱创办的，所以学校里浸润了一种专制的弊风，学生的自由，几乎被压缩得同针眼儿一般的小。礼拜三的晚上有什么祈祷会，礼拜日非但不准出去游玩，并且在家里看别的书也不准的，除了唱赞美诗祈祷之外，只许看新旧约书。每天早晨从九点钟到九点二十分，定要去做礼拜，不去做礼拜，就要扣分数记过。他虽然非常爱那学校近旁的山水景物，然而他的心里，总有些反抗的意思，因为他是一个爱自由的人，对那些迷信的管束，怎么也不甘心服从。住不上半年，那大学里的厨子，托了校长的势，竟打起学生来。学生中间有几个不服的，便去告诉校长，校长反说学生不是。他看看这些情形，实在是太无道理了，就立刻去告了退，仍复回家，到那小小的书斋里去，那时候已经是六月初了。

在家里住了三个多月，秋风吹到富春江上，两岸的绿树，就快凋落的时候，他又坐了帆船，下富春江，上杭州去。却好那时候石牌楼的W中学正在那里招插班生，他进去见了校长M氏，把他的经历说给了M氏夫妻听，M氏就许他插入最高的班里去。这W中学原来也是一个教会学校，校长M氏，也是一个糊涂的美国宣教师；他看看这学校的内容倒比H大学不如了。与一位很卑鄙的教务长——原来这一位先生就是H大学的卒业生——闹了一场，第二年的春天，他就出来了。出了W中学，他看看杭州的学校，都不能如他的意，所以他就打算不再进别的学校去。

正是这个时候，他的长兄也在北京被人排斥了。原来他的长兄为人正直得很，在部里办事，铁面无私，并且比一般部内的人物又多了一些学识，所以部内上下，都忌惮他。有一天某次长的私人来问他要一个位置,他执意不肯,因此次长就同他闹起意见来,过了几天他就辞了部里的职,改到司法界去做司法官去了。他的二兄那时候正在绍兴军队里作军官,这一位二兄军人习气颇深,挥金如土,专喜结交侠少。他们弟兄三人,到这时候都不能如意之所为,所以那一小市镇里的闲人都说他们的风水破了。

他回家之后,便镇日镇夜的蛰居在他那小小的书斋里。他父祖及他长兄所藏的书籍,就作了他的良师益友。他的日记上面,一天一天的记起诗来。有时候他也用了华丽的文章做起小说来,小说里就把他自己当作了一个多情的勇士,把他邻近的一家寡妇的两个女儿,当作了贵族的苗裔,把他故乡的风物,全编作了田园的情景;有兴的时候,他还把他自家的小说,用单纯的外国文翻译起来;他的幻想,愈演愈大了,他的忧郁病的根苗,大概也就在这时候培养成功的。

在家里住了半年,到了七月中旬,他接到他长兄的来信说:

院内近有派予赴日本考察司法事务之意,予已许院长以东行,大约此事不日可见命令。渡日之先,拟返里小住。三弟居家,断非上策,此次当偕伊赴日本也。

他接到了这一封信之后,心中日日盼他长兄南来,到了九月下旬,他的兄嫂才自北京到家。住了一月,他就同他的长兄长嫂同到日本去了。

　　到了日本之后，他的 dreams of the romantic age[①] 尚未醒悟，模模糊糊的过了半载，他就考入了东京第一高等学校。这正是他十九岁的秋天。

　　第一高等学校将开学的时候，他的长兄接到了院长的命令，要他回去。他的长兄就把他寄托在一家日本人的家里，几天之后，他的长兄长嫂和他的新生的侄女儿就回国去了。

　　东京的第一高等学校里有一班预备班，是为中国学生特设的。在这预科里预备一年，卒业之后，才能入各地高等学校的正科，与日本学生同学。他考入预科的时候，本来填的是文科，后来将在预科卒业的时候，他的长兄定要他改到医科去，他当时亦没有什么主见，就听了他长兄的话把文科改了。

　　预科卒业之后，他听说 N 市的高等学校是最新的，并且 N 市是日本产美人的地方，所以他就要求到 N 市的高等学校去。

四

　　他的二十岁的八月二十九日的晚上，他一个人从东京的中央车站乘了夜行车到 N 市去。

---

① 英文：浪漫时代的梦想。

沉　沦

　　那一天大约刚是旧历的初三四的样子，同天鹅绒似的又蓝又紫的天空里，洒满了一天星斗。半痕新月，斜挂在西天角上，却似仙女的蛾眉，未加翠黛的样子。他一个人靠着了三等车的车窗，默默的在那里数窗外人家的灯火。火车在暗黑的夜气中间，一程一程地进去，那大都市的星星灯火，也一点一点的朦胧起来，他的胸中忽然生了万千哀感，他的眼睛里就忽然觉得热起来了。

　　"Sentimental, too sentimental!"①

　　这样的叫一声，把眼睛揩了一下，他反而自家笑起自家来。

　　"你也没有情人留在东京，你也没有弟兄知己住在东京，你的眼泪究竟是为谁洒的呀！或者是对于你过去的生活的伤感，或者是对你二年间的生活的余情，然而你平时不是说不爱东京的么？

　　"唉，一年人住岂无情。

　　"黄莺住久浑相识，欲别频啼四五声！"

　　胡思乱想的寻思了一会，他又忽然想到初次赴新大陆去的清教徒的身上去。

　　"那些十字架下的流人，离开他故乡海岸的时候，大约也是悲壮淋漓，同我一样的。"

　　火车过了横滨，他的感情方才渐渐儿的平静起来。呆呆的坐了一忽，他就取了一张明信片出来，垫在海涅（Heine）的诗集上，用

---

① 英文：伤感，太伤感了！

沉　沦

铅笔写了一首诗寄他东京的朋友。

　　峨眉月上柳梢初，又向天涯别故居。
　　四壁旗亭争赌酒，六街灯火远随车。
　　乱离年少无多泪，行李家贫只旧书。
　　后夜芦根秋水长，凭君南浦觅双鱼。

在朦胧的电灯光里，静悄悄的坐了一会，他又把海涅的诗集翻开来看了。

　　Lebet wohl, ihr glatten Säle,
　　Glatte Herren, glatte Frauen!
　　Auf die Berge will ich steigen,
　　Lachend auf euch niederschauen!

　　　　　　　　　　　　　　Heine's *Harzreise*

　　浮薄的尘寰，无情的男女，
　　你看那隐隐的青山，我欲乘风飞去；
　　且住且住，
　　我将从那绝顶的高峰，笑看你终归何处。

单调的轮声，一声声连连续续的飞到他的耳膜上来，不上三十分钟他竟被这催眠的车轮声引诱到梦幻的仙境里去了。

早晨五点钟的时候，天空渐渐儿的明亮起来。在车窗里向外一望，他只见一线青天还被夜色包住在那里。探头出去一看，一层薄雾，笼罩着一幅天然的画图，他心里想了一想：

"原来今天又是清秋的好天气，我的福分真可算不薄了。"

过了一个钟头，火车就到了N市的停车场。

下了火车，在车站上遇见了个日本学生；他看看那学生的制帽上也有两条白线，便知道他也是高等学校的学生。他走上前去，对那学生脱了一脱帽，问他说：

"第X高等学校是在什么地方？"

那学生回答说：

"我们一路去吧。"

他就跟了那学生跑出火车站来，在火车站的前头，乘了电车。

时光还早得很，N市的店家都还未曾起来。他同那日本学生坐了电车，经过了几条冷清的街巷，就在鹤舞公园前面下了车。他问那日本学生说：

"学校还远得很么？"

"还有二里多路。"

穿过了公园，走到稻田中间的细路上的时候，他看看太阳已经起来了，稻上的露滴，还同明珠似的挂在那里。前面有一丛树林，树林荫里，疏疏落落的看得见几橡农舍。有两三条烟囱筒子，突出在农舍的上面，隐隐约约的浮在清晨的空气里。一缕两缕的青烟，同炉香似的在那里浮动，他知道农家已在那里炊早饭了。

到学校近边的一家旅馆去一问，他一礼拜前头寄出的几件行李，早已经到在那里。原来那一家人家是住过中国留学生的，所以主人待他也很殷勤。在那一家旅馆里住下了之后，他觉得前途好像有许多欢乐在那里等他的样子。

他的前途的希望，在第一天的晚上，就不得不被目前的实情嘲弄了。原来他的故里，也是一个小小的市镇。到了东京之后，在人山人海的中间，他虽然时常觉得孤独，然而东京的都市生活，同他幼时的习惯尚无十分龃龉的地方。如今到了这 N 市的乡下之后，他的旅馆，是一家孤立的人家，四面并无邻舍，左首门外便是一条如发的大道，前后都是稻田，西面是一方池水，并且因为学校还没有开课，别的学生还没有到来，这一家宽旷的旅馆里，只住了他一个客人。白天倒还可以支吾过去，一到了晚上，他开窗一望，四面都是沉沉的黑影，并且因 N 市的附近是一大平原，所以望眼连天，四面并无遮障之处，远远里有一点灯火，明灭无常，森然有些鬼气。天花板里，又有许多虫鼠，息栗索落的在那里争食。窗外有几株梧桐，微风动叶，飒飒的响得不已，因为他住在二层楼上，所以梧桐的叶战声，近在他的耳边。他觉得害怕起来，几乎要哭出来了。他对于都市的怀乡病（nostalgia）从未有比那一晚更甚的。

学校开了课，他朋友也渐渐儿的多起来。感受性非常强烈的他的性情，也同天空大地丛林野水融和了。不上半年，他竟变成了一个大自然的宠儿，一刻也离不了那天然的野趣了。

他的学校是在 N 市外，刚才说过 N 市的附近是一大平原，所以四边的地平线，界限广大得很。那时候日本的工业还没有十分发达，人口也还没有增加得同目下一样，所以他的学校的近边，还多是丛林空地，小阜低岗。除了几家与学生做买卖的文房具店及菜馆之外，附近并没有居民。荒野的中间，只有几家为学生设的旅馆，同晓天的星影似的，散缀在麦田瓜地的中央。晚饭毕后，披了黑呢的缦斗（le manteau）①，拿了爱读的书，在迟迟不落的夕照中间，散步逍遥，是非常快乐的。他的田园趣味，大约也是在这 idyllic wanderings② 的中间养成的。

在生活竞争不十分猛烈，逍遥自在，同中古时代一样的时候，在风气纯良，不与市井小人同处，清闲雅淡的地方，过日子正如做梦一般。他到了 N 市之后，转瞬之间，已经有半载多了。

熏风日夜的吹来，草色渐渐儿的绿起来，旅馆近旁麦田里的麦穗，也一寸一寸的长起来了。草木虫鱼都化育起来，他的从始祖传

---

① 法文音译：斗篷。
② 英文：田园漫步。

来的苦闷也一日一日的增长起来,他每天早晨,在被窝里犯的罪恶,也一次一次的加起来了。

他本来是一个非常爱高尚爱洁净的人,然而一到了这邪念发生的时候,他的智力也无用了,他的良心也麻痹了,他从小服膺的"身体发肤不敢毁伤"的圣训,也不能顾全了。他犯了罪之后,每深自痛悔,切齿的说,下次总不再犯了,然而到了第二天的那个时候,种种幻想,又活泼泼的到他的眼前来。他平时所看见的"伊扶"的遗类,都赤裸裸的来引诱他。中年以后的妇人的形体,在他的脑里,比处女更有挑拨他情动的地方。他苦闷一场,恶斗一场,终究不得不做她们的俘虏。这样的一次成了两次,两次之后,就成了习惯了。他犯罪之后,每到图书馆里去翻出医书来看,医书上都千篇一律的说,于身体最有害的就是这一种犯罪。从此之后,他的恐惧心也一天一天的增加起来。有一天他不知道从什么地方得来的消息,好像是一本书上说,俄国近代文学的创设者 Gogol① 也犯这一宗病,他到死竟没有改过来,他想到了 Gogol,心里就宽了一宽,因为这《死了的灵魂》②的著者,也是同他一样的。然而这不过自家对自家的宽慰而已,他的胸里,总有一种非常的忧虑存在那里。

因为他是非常爱洁净的,所以他每天总要去洗澡一次,因为他

---

① 尼古拉·果戈里(1809—1852),俄国著名作家,著有《死魂灵》。

② 即《死魂灵》。

是非常爱惜身体的，所以他每天总要去吃几个生鸡子和牛乳；然而他去洗澡或吃牛乳鸡子的时候，他总觉得惭愧得很，因为这都是他的犯罪的证据。

他觉得身体一天一天的衰弱起来，记忆力也一天一天的减退了。他又渐渐儿的生了一种怕见人面的心思，见了妇人女子的时候，他觉得更加难受。学校的教科书，也渐渐的嫌恶起来，法国自然派的小说，和中国那几本有名的诲淫小说，他念了又念，几乎记熟了。

有时候他忽然做出一首好诗来，他自家便喜欢得非常，以为他的脑力还没有破坏。那时候他每对着自家起誓说：

"我的脑力还可以使得，还能做得出这样的诗，我以后决不再犯罪了。过去的事实是没法，我以后总不再犯罪了。若从此自新，我的脑力，还是很可以的。"

然而一到了紧迫的时候，他的誓言又忘了。

每礼拜四五，或每月的二十六七的时候，他索性尽意的贪起欢来。他的心里想，自下礼拜一或下月初一起，我总不犯罪了。有时候正合到礼拜六或月底的晚上，去剃头洗澡去，以为这就是改过自新的记号，然而过几天他又不得不吃鸡子和牛乳了。

他的自责心同恐惧心，竟一日也不使他安闲，他的忧郁症也从此厉害起来了。这样的状态继续了一二个月，他的学校里就放了暑假，暑假的两个月内，他受的苦闷，更甚于平时；到了学校开课的时候，他的两颊的颧骨更高起来，他的青灰色的眼窝更大起来，他的一双灵活的瞳人，变了同死鱼眼睛一样了。

五

秋天又到了。浩浩的苍空，一天一天的高起来。他的旅馆旁边的稻田，都带起黄金色来。朝夕的凉风，同刀也似的刺到人的心骨里去，大约秋冬的佳日，来也不远了。

一礼拜前的有一天午后，他拿了一本 Wordsworth 的诗集，在田塍路上逍遥漫步了半天。从那一天以后，他的循环性的忧郁症，尚未离他的身过。前几天在路上遇着的那两个女学生，常在他的脑里，不使他安静，想起那一天的事情，他还是一个人要红起脸来。

他近来无论上什么地方去，总觉得有坐立难安的样子。他上学校去的时候，觉得他的日本同学都似在那里排斥他。他的几个中国同学，也许久不去寻访了，因为去寻访了回来，他心里反觉得空虚。因为他的几个中国同学，怎么也不能理解他的心理。他去寻访的时候，总想得些同情回来的，然而到了那里，谈了几句以后，他又不得不自悔寻访错了。有时候和朋友讲得投机，他就任了一时的热意，把他的内外的生活都对朋友讲了出来，然而到了归途，他又自悔失言，心里的责备，倒反比不去访友的时候更加厉害。他的几个中国朋友，因此都说他是染了神经病了。他听了这话之后，对了那几个中国同学，也同对日本学生一样，起了一种复仇的心。他同他的几个中国同学，一日一日的疏远起来。嗣后虽在路上，或在学校里遇见的时候，他同那几个中国同学，也不点头招呼。中国留学生开会的时候，他当然是不去出席的。因此他同他的几个同胞，竟宛然成了两家仇敌。

他的中国同学的里边，也有一个很奇怪的人，因为他自家的结婚有些道德上的罪恶，所以他专喜讲人家的丑事，以掩己之不善，说他是神经病，也是这一位同学说的。

他交游离绝之后，孤冷得几乎到将死的地步，幸而他住的旅馆里，还有一个主人的女儿，可以牵引他的心，否则他真只能自杀了。他旅馆的主人的女儿，今年正是十七岁，长方的脸儿，眼睛大得很，笑起来的时候，面上有两颗笑靥，嘴里有一颗金牙看得出来，因为她自家觉得她自家的笑容是非常可爱，所以她平时常在那里弄笑。

他心里虽然非常爱她，然而她送饭来或来替他铺被的时候，他总装出一种兀不可犯的样子来。他心里虽想对她讲几句话，然而一见了她，他总不能开口。她进他房里来的时候，他的呼吸竟急促到吐气不出的地步。他在她的面前实在是受苦不起了，所以近来她进他的房里来的时候，他每不得不跑出房外去。然而他思慕她的心情，却一天一天的浓厚起来。有一天礼拜六的晚上，旅馆里的学生，都上N市去行乐去了。他因为经济困难，所以吃了晚饭，上西面池上去走了一回，就回到旅舍里来枯坐。

回家来坐了一会，他觉得那空旷的二层楼上，只有他一个人在家。静悄悄的坐了半晌，坐得不耐烦起来的时候，他又想跑出外面去。

沉 沦

然而要跑出外面去,不得不由主人的房门口经过,因为主人和他女儿的房,就在大门的边上。他记得刚才进来的时候,主人和他的女儿正在那里吃饭。他一想到经过她面前的时候的苦楚,就把跑出外面去的心思丢了。

拿出了一本 G. Gissing① 的小说来读了三四页之后,静寂的空气里,忽然传了几声沙沙的泼水声音过来。他静静儿的听了一听,呼吸又一霎时的急了起来,面色也涨红了。迟疑了一会,他就轻轻的开了房门,拖鞋也不拖,幽手幽脚的走下扶梯去。轻轻的开了便所的门,他尽兀自的站在便所的玻璃窗口偷看。原来他旅馆里的浴室,就在便所的间壁,从便所的玻璃窗看去,浴室里的动静了了可见。他起初以为看一看就可以走的,然而到了一看之后,他竟同被钉子钉住的一样,动也不能动了。

那一双雪样的乳峰!

那一双肥白的大腿!

这全身的曲线!

呼气也不呼,仔仔细细的看了一会,他面上的筋肉,都发起痉挛来了。愈看愈颤得厉害,他那发颤的前额部竟同玻璃窗冲击了一下。被蒸气包住的那赤裸裸的"伊扶"便发了娇声问说:

"是谁呀?……"

---

① 乔治·罗伯特·吉辛(1857—1903),英国小说家。

他一声也不响，急忙跳出了便所，就三脚两步的跑上楼上去了。

他跑到了房里，面上同火烧的一样，口也干渴了。一边他自家打自家的嘴巴，一边就把他的被窝拿出来睡了。他在被窝里翻来覆去，总睡不着，便立起了两耳，听起楼下的动静来。他听听泼水的声音也息了，浴室的门开了之后，他听见她的脚步声好像是走上楼来的样子。用被包着了头，他心里的耳朵明明告诉他说：

"她已经立在门外了。"

他觉得全身的血液，都在往上奔注的样子。心里怕得非常，羞得非常，也喜欢得非常。然而若有人问他，他无论如何，总不肯承认说，这时候他是喜欢的。

他屏住了气息，尖着了两耳听了一会，觉得门外并无动静，又故意咳嗽了一声，门外亦无声响。他正在那里疑惑的时候，忽听见她的声音，在楼下同她的父亲在那里说话。他手里捏了一把冷汗，拼命想听出她的话来，然而无论如何总听不清楚。停了一会，她的父亲高声笑了起来，他把被蒙头的一罩，咬紧了牙齿说：

"她告诉了他了！她告诉了他了！"

这一天的晚上他一睡也不曾睡着。第二天的早晨，天亮的时候，他就惊心吊胆的走下楼来。洗了手面，刷了牙，趁主人和他的女儿还没有起来之先，他就同逃也似的出了那个旅馆，跑到外面来。

官道上的沙尘，染了朝露，还未曾干着。太阳已经起来了。他不问皂白，便一直的往东走去，远远有一个农夫，拖了一车野菜慢慢的走来。那农夫同他擦过的时候，忽然对他说：

"你早啊！"

他倒惊了一跳，那清瘦的脸上，又起了一层红潮，胸前又乱跳起来，他心里想：

"难道这农夫也知道了么？"

无头无脑的跑了好久，他回转头来看看他的学校，已经远得很了，举头看看，太阳也升高了。他摸摸表看，那银饼大的表，也不在身边。从太阳的角度看起来，大约已经是九点钟前后的样子。他虽然觉得饥饿得很，然而无论如何，总不愿意再回到那旅馆里去，同主人和他的女儿相见。想去买些零食充一充饥，然而他摸摸自家的袋看，袋里只剩了一角二分钱在那里。他到一家乡下的杂货店内，尽那一角二分钱，买了些零碎的食物，想去寻一处无人看见的地方去吃。走到了一处两路交叉的十字路口，他朝南一望，只见与他的去路横交的那一条自北趋南的路上，行人稀少得很。那一条路是向南斜低下去的，两面更有高壁在那里，他知道这路是从一条小山中开辟出来的。他刚才走来的那条大道，便是这山的岭脊，十字路当作了中心，与岭脊上的那条大道相交的横路，是两边低斜下去的。在十字路口迟疑了一会，他就取了那一条向南斜下的路走去。走尽了两面的高壁，他的去路就穿入大平原去，直通到彼岸的市内。平原的彼岸有一簇深林，划在碧空的心里，他心里想：

"这大约就是A神宫了。"

他走尽了两面的高壁,向左手斜面上一望,见沿高壁的那山面上有一道女墙,围住着几间茅舍,茅舍的门上悬着了"香雪海"三字的一方匾额。他离开了正路,走上几步,到那女墙的门前,顺手的向门一推,那两扇柴门竟自开了。他就随随便便的踏了进去。门内有一条曲径,自门口通过了斜面,直达到山上去的。曲径的两旁,有许多老苍的梅树种在那里,他知道这就是梅林了。顺了那一条曲径,往北的从斜面上走到山顶的时候,一片同图画似的平地,展开在他的眼前。这园自从山脚上起,跨有朝南的半山斜面,同顶上的一块平地,布置得非常幽雅。

山顶平地的西面是千仞的绝壁,与隔岸的绝壁相对峙,两壁的中间,便是他刚走过的那一条自北趋南的通路。背临着了那绝壁,有一间楼屋,几间平屋造在那里。因为这几间屋,门窗都闭在那里,他所以知道这定是为梅花开日卖酒食用的。楼屋的前面,有一块草地,草地中间,有几方白石,围成了一个花园,圈子里,卧着一枝老梅,那草地的南尽头,山顶的平正要向南斜下去的地方,有一块石碑立在那里,系记这梅林的历史的。他在碑前的草地上坐下之后,就把买来的零食拿出来吃了。

吃了之后,他兀兀的在草地上坐了一会。四面并无人声,远远的树枝上,时有一声两声的鸟鸣声飞来。他仰起头来看看澄清的碧落,同那皎洁的日轮,觉得四面的树枝房屋,小草飞禽,都一样的在和平的太阳光里,受大自然的化育。他那昨天晚上的犯罪的记忆,正同远海的帆影一般，不知消失到哪里去了。

　　这梅林的平地上和斜面上，叉来叉去的曲径很多。他站起来走来走去的走了一会，方晓得斜面上梅树的中间，更有一间平屋造在那里。从这一间房屋往东的走去几步，有眼古井，埋在松叶堆中。他摇摇井上的唧筒看，呷呷的响了几声，却抽不起水来。他心里想：

　　"这园大约只有梅花开的时候，开放一下，平时总没有人住的。"

　　到这时他又自言自语的说：

　　"既然空在这里，我何妨去向园主人去借住借住。"

　　想定了主意，他就跑下山来，打算去寻园主人去。他将走到门口的时候，却好遇见了一个五十来岁的农夫走进园来。他对那农夫道歉之后，就问他说：

　　"这园是谁的，你可知道？"

　　"这园是我经管的。"

　　"你住在什么地方的？"

　　"我住在路的那面。"

　　一边这样的说，一边那农民指着通路西边的一间小屋给他看。他向西一看，果然在西边的高壁尽头的地方，有一间小屋在那里。他点了点头，又问说：

　　"你可以把园内的那间楼屋租给我住住么？"

　　"可是可以的，你只一个人么？"

　　"我只一个人。"

"那你可不必搬来的。"

"这是什么缘故呢?"

"你们学校里的学生,已经有几次搬来过了,大约都因为冷静不过,住不上十天,就搬走的。"

"我可同别人不同,你但能租给我,我是不怕冷静的。"

"这样岂有不租的道理,你想什么时候搬来?"

"就是今天午后罢。"

"可以的,可以的。"

"请你替我扫一扫干净,免得搬来之后着忙。"

"可以可以。再会!"

"再会!"

六

搬进了山上梅园之后,他的忧郁症(hypochondria)又变起形状来了。

他同他的北京的长兄,为了一些儿细事,竟生起龃龉来。他发了一封长长的信,寄到北京,同他的长兄绝了交。

那一封信发出之后,他呆呆的在楼前草地上想了许多时候。他自家想想看,他便是世界上最不幸的人了。其实这一次的决裂,是发始于他的。同室操戈,事更甚于他姓之相争,自此之后,他恨他的长兄竟同蛇蝎一样，他被他人欺侮的时候，每把他长兄拿出来作比：

"自家的弟兄，尚且如此，何况他人呢！"

他每达到这一个结论的时候，必尽把他长兄待他苛刻的事情，细细回想出来。把各种过去的事迹，列举出来之后，就把他长兄判决是一个恶人，他自家是一个善人。他又把自家的好处列举出来，把他所受的苦处，夸大的细数起来。他证明得自家是一个世界上最苦的人的时候，他的眼泪就同瀑布似的流下来。他在那里哭的时候，空中好像有一种柔和的声音在对他说：

"啊呀，哭的是你么？那真是冤屈了你了。像你这样的善人，受世人的那样的虐待，这可真是冤屈了你了。罢了罢了，这也是天命，你别再哭了，怕伤害了你的身体！"

他心里一听到这一种声音，就舒畅起来。他觉得悲苦的中间，也有无穷的甘味在那里。

他因为想复他长兄的仇，所以就把所学的医科丢弃了，改入文科里去，他的意思，以为医科是他长兄要他改的，仍旧改回文科，就是对他长兄宣战的一种明示。并且他由医科改入文科，在高等学校须迟卒业一年。他心里想，迟卒业一年，就是早死一岁，你若因此迟了一年，就到死可以对你长兄含一种敌意。因为他恐怕一二年之后，他们兄弟两人的感情，仍旧要和好起来；所以这一次的转科，便是帮他永久敌视他长兄的一个手段。

气候渐渐儿的寒冷起来，他搬上山来之后，已经有一个月了，

沉沦

几日来天气阴郁，灰色的层云，天天挂在空中。寒冷的北风吹来的时候，梅林的树叶，每息索息索的飞掉下来。

初搬来的时候，他卖了些旧书，买了许多烩饭的器具，自家烧了一个月饭，因为天冷了，他也懒得烧了。他每天的伙食，就一切包给了山脚下的园丁家包办，所以他近来只同退院的闲僧一样，除了怨人骂己之外，更没有别的事情了。

有一天早晨，他侵早的起来，把朝东的窗门开了之后，他看见前面的地平线上有几缕红云，在那里浮荡。东天半角，反照出一种银红的灰色。因为昨天下了一天微雨，所以他看了这清新的旭日，比平日更添了几分欢喜。他走到山的斜面上，从那古井里汲了水，洗了手面之后，觉得满身的气力，一霎时都回复了转来的样子。他便跑上楼去，拿了一本黄仲则的诗集下来，一边高声朗读，一边尽在那梅林的曲径里，跑来跑去的跑圈子。不多一会，太阳起来了。

从他住的山顶向南方看去，眼下看得出一大平原。平原里的稻田，都尚未收割起。金黄的谷色，以绀碧的天空作了背景，反映着一天太阳的晨光，那风景正同看密来（Millet）①的田园清画一般。他觉得自家好像已经变了几千年前的原始基督教徒的样子，对了这自然的默示，他不觉笑起自家的气量狭小起来。

"饶赦了！饶赦了！你们世人得罪于我的地方，我都饶赦了你

---

① 即让·弗朗索瓦·米勒（1814—1875），法国著名画家。

们罢,来,你们来,都来同我讲和罢!"

　　手里拿着了那一本诗集,眼里浮着了两泓清泪,正对了那平原的秋色,呆呆的立在那里想这些事情的时候,他忽听见他的近边,有两人在那里低声的说:

　　"今晚上你一定要来的哩!"

　　这分明是男子的声音。

　　"我是非常想来的,但是恐怕……"

　　他听了这娇滴滴的女子的声音之后,好像是被电气贯穿了的样子,觉得自家的血液循环都停止了。原来他的身边有一丛长大的苇草生在那里,他立在苇草的右面,那一对男女,大约是在苇草的左面,所以他们两个还不晓得隔着苇草,有人站在那里。那男人又说:

　　"你心真好,请你今晚来吧,我们到如今还没在被窝里睡过觉。"

　　"……"

　　他忽然听见两人的嘴唇,唖唖的好像在那里吮吸的样子。他同偷了食的野狗一样,就惊心吊胆的把身子屈倒去听了。

　　"你去死罢,你去死罢,你怎么会下流到这样的地步!"

　　他心里虽然如此的在那里痛骂自己,然而他那一双尖着的耳朵,却一言半语也不愿意遗漏,用了全副精神在那里听着。

　　地上的落叶索息索息的响了一下。

　　解衣带的声音。

　　男人嘶嘶的吐了几口气。

舌尖吮吸的声音。

女人半轻半重，断断续续的说：

"你！……你！……你快……快××罢。……别……别……别被人……被人看见了。"

他的面色，一霎时的变了灰色了。他的眼睛同火也似的红了起来。他的上颚骨同下颚骨呷呷的发起颤来。他再也站不住了。他想跑开去，但是他的两只脚，总不听他的话。他苦闷了一场，听听两人出去了之后，就同落水的猫狗一样，回到楼上房里去，拿出被窝来睡了。

七

他饭也不吃，一直在被窝里睡到午后四点钟的时候才起来。那时候夕阳洒满了远近。平原的彼岸的树林里，有一带苍烟，悠悠扬扬的笼罩在那里。他踉踉跄跄的走下了山，上了那一条自北趋南的大道，穿过了那平原，无头无绪的尽是向南的走去。走尽了平原，他已经到了A神宫前的电车停留处了。那时候恰好从南面有一乘电车到来，他不知不觉就跳了上去，既不知道他究竟为什么要乘电车，也不知道这电车是往什么地方去的。

走了十五六分钟，电车停了，运车的教他换车，他就换了一乘车。走了二三十分钟，电车又停了，他听见说是终点了，他就走了下来。他的前面就是筑港了。

前面一片汪洋的大海,横在午后的太阳光里,在那里微笑。超海而南有一发青山,隐隐的浮在透明的空气里,西边是一脉长堤,直驰到海湾的心里去。堤外有一处灯台,同巨人似的立在那里。几艘空船和几只舢板,轻轻的在系着的地方浮荡。海中近岸的地方,有许多浮标,饱受了斜阳,红红的浮在那里。远处风来,带着几句单调的话声,既听不清楚是什么话,也不知道是从哪里来的。

他在岸边上走来走去走了一会,忽听见那一边传过了一阵击磬的声来。他跑过去一看,原来是为唤渡船而发的。他立了一会,看有一只小火轮从对岸过来了。跟着了一个四五十岁的工人,他也进了那只小火轮去坐下了。

渡到东岸之后,上前走了几步,他看见靠岸有一家大庄子在那里。大门开得很大,庭内的假山花草,布置得楚楚可爱。他不问是非,就踱了进去。走不上几步,他忽听得前面家中有女人的娇声叫他说:

"请进来吓!"

他不觉惊了一下,就呆呆的站住了。他心里想:

"这大约就是卖酒食的人家,但是我听见说,这样的地方,总有妓女在那里的。"

一想到这里,他的精神就抖擞起来,好像是一桶冷水浇上身来的样子。他的面色立时变了。要想进去又不能进去,要想出来又不得出来;可怜他那同兔儿似的小胆,同猿猴似的淫心,竟把他陷到一个大大的难境里去了。

"进来吓！请进来吓！"里面又娇滴滴的叫了起来，带着笑声。

"可恶东西，你们竟敢欺我胆小么？"

这样的怒了一下，他的面色更同火也似的烧了起来。咬紧了牙齿，把脚在地上轻轻的蹬了一蹬，他就捏了两个拳头，向前进去，好像是对了那几个年轻的侍女宣战的样子。但是他那青一阵红一阵的面色，和他的面上的微微儿在那里振动的筋肉，总隐藏不过。他走到那几个侍女的面前的时候，几乎要同小孩似的哭出来了。

"请上来！"

"请上来！"

他硬了头皮，跟了一个十七八岁的侍女走上楼去，那时候他的精神已经有些镇静下来了。走了几步，经过一条暗暗的夹道的时候，一阵恼人的花粉香气，同日本女人特有的一种肉的香味，和头发上的香油气息合作了一处，扑上他的鼻孔来。他立刻觉得头晕起来，眼睛里看见了几颗火星，向后边跌也似的退了一步。他再定睛一看，只见他的前面黑暗暗的中间，有一长圆形的女人的粉面，堆着了微笑，在那里问他说：

"你！你还是上靠海的地方呢，还是怎样？"

他觉得女人口里吐出来的气息，也热和和的喷上他的面来。他不知不觉把这气息深深的吸了一口。他的意识，感觉到他这行为的时候，他的面色又立刻红了起来。他不得已只能含含糊糊的答应她说：

"上靠海的房间里去。"

进了一间靠海的小房间,那侍女便问他要什么菜。他就回答说:

"随便拿几样来罢。"

"酒要不要?"

"要的。"

那侍女出去之后,他就站起来推开了纸窗,从外边放了一阵空气进来。因为房里的空气沉浊得很,他刚才在夹道中闻过的那一阵女人的香味,还剩在那里,他实在是被这一阵气味压迫不过了。

一湾大海,静静的浮在他的面前。外边好像是起了微风的样子,一片一片的海浪,受了阳光的返照,同金鱼的鱼鳞似的,在那里微动。他立在窗前看了一会,低声的吟了一句诗出来:

"夕阳红上海边楼。"

他向西一望,见太阳离西南的地平线只有一丈多高了。呆呆的看了一会,他的心想怎么也离不开刚才的那个侍女。她的口里的头上的面上的和身体上的那一种香味,怎么也不容他的心思去想别的东西。他才知道他想吟诗的心是假的,想女人的肉体的心是真的了。

停了一会,那侍女把酒菜搬了进来,跪坐在他的面前,亲亲热热的替他上酒。他心里想仔仔细细的看她一看,把他的心里的苦闷都告诉了她,然而他的眼睛怎么也不敢平视她一眼,他的舌根怎么也不能摇动一摇动。他不过同哑子一样,偷看看她那搁在膝上一双纤嫩的白手,同衣缝里露出来的一条粉红的围裙角。

原来日本的妇人都不穿裤子,身上贴肉只围着一条短短的围裙。

外边就是一件长袖的衣服，衣服上也没有钮扣，腰里只缚着一条一尺多宽的带子，后面结着一个方结。她们走路的时候，前面的衣服每一步一步的掀开来，所以红色的围裙，同肥白的腿肉，每能偷看。这是日本女子特别的美处；他在路上遇见女子的时候，注意的就是这些地方。他切齿的痛骂自己，畜生！狗贼！卑怯的人！也便是这个时候。

他看了那侍女的围裙角，心头便乱跳起来。愈想同她说话，他愈觉得讲不出话来。大约那侍女是看得不耐烦起来了，便轻轻的问他说：

"你府上是什么地方？"

一听了这一句话，他那清瘦苍白的面上，又起了一层红色；含含糊糊的回答了一声，他呐呐的总说不出清晰的回话来。可怜他又站在断头台上了。

原来日本人轻视中国人，同我们轻视猪狗一样。日本人都叫中国人作"支那人"，这"支那人"三字，在日本，比我们骂人的"贱贼"还更难听，如今在一个如花的少女前头，他不得不自认说"我是支那人"了。

"中国呀中国，你怎么不强大起来！"

他全身发起抖来，他的眼泪又快滚下来了。

那侍女看他发颤发得厉害，就想让他一个人在那里喝酒，好教他把精神安镇安镇，所以对他说：

"酒就快没有了,我再去拿一瓶来吧。"

停了一会,他听得那侍女的脚步声又走上楼来。他以为她是上他这里来的,所以就把衣服整了一整,姿势改了一改。但是他被她欺骗了。她原来是领了两三个另外的客人,上间壁的那一间房间里去的。那两三个客人都在那里对那侍女取笑,那侍女也娇滴滴的说:

"别胡闹了,间壁还有客人在那里。"

他听了就立刻发起怒来。他心里骂他们说:

"狗才!俗物!你们都敢来欺侮我么?复仇复仇,我总要复你们的仇。世间哪里有真心的女子!那侍女的负心东西,你竟敢把我丢了么?罢了罢了,我再也不爱女人了,我再也不爱女人了。我就爱我的祖国,我就把我的祖国当作了情人罢。"

他马上就想跑回去发愤用功。但是他的心里,却很羡慕那间壁的几个俗物。他的心里,还有一处地方在那里盼望那个侍女再回到他这里来。

他按住了怒,默默的喝干了几杯酒,觉得身上热起来。打开了窗门,他看太阳就快要下山去了。又连饮了几杯,他觉得他面前的海景都朦胧起来。西面堤外的灯台的黑影,长大了许多。一层茫茫的薄雾,把海天融混作了一处。在这一层混沌不明的薄纱影里,西方的将落不落的太阳,好像在那里惜别的样子。他看了一会,不知道是什么缘故,只觉得好笑。呵呵的笑了一回,他用手擦擦自家那火热的双颊，便自言自语的说：

"醉了醉了！"

那侍女果然进来了。见他红了脸，立在窗口在那里痴笑，便问他说：

"窗开了这样大，你不冷的么？"

"不冷不冷，这样好的落照，谁舍得不看呢？"

"你真是一个诗人呀！酒拿来了。"

"诗人！我本来是一个诗人。你去把纸笔拿了来，我马上写首诗给你看看。"

那侍女出去了之后，他自家觉得奇怪起来。他心里想：

"我怎么会变了这样大胆的？"

痛饮了几杯新拿来的热酒，他更觉得快活起来，又禁不得呵呵笑了一阵。他听见间壁房间里的那几个俗物，高声的唱起日本歌来，他也放大了嗓子唱着说：

  醉拍阑干酒意寒，江湖寥落又冬残。

  剧怜鹦鹉中州骨，未拜长沙太傅官。

  一饭千金图报易，几人五噫出关难。

  茫茫烟水回头望，也为神州泪暗弹。

高声的念了几遍，他就在席上醉倒了。

八

一醉醒来，他看看自家睡在一条红绸的被里，被上有一种奇怪的香气。这一间房间也不很大，但已不是白天的那一间房间了。房中挂着一盏十烛光的电灯，枕头边上摆着了一壶茶，两只杯子。他倒了二三杯茶，喝了之后，就跟跟跄跄的走到房外去。他开了门，却好白天的那侍女也跑过来了。她问他说：

"你！你醒了么？"

他点了一点头，笑微微的回答说：

"醒了。便所是在什么地方的？"

"我领你去吧。"

他就跟了她去。他走过日间的那条夹道的时候，电灯点得明亮得很。远近有许多歌唱的声音，三弦的声音，大笑的声音传到他耳朵里来。白天的情节，他都想出来了。一想到酒醉之后，他对那侍女说的那些话的时候，他觉得面上又发起烧来。

从厕所回到房里之后，他问那侍女说：

"这被是你的么？"

侍女笑着说：

"是的。"

"现在是什么时候了？"

"大约是八点四五十分的样子。"

"你去开了账来罢!"

"是。"

他付清了账,又拿了一张纸币给那侍女,他的手不觉微颤起来。那侍女说:

"我是不要的。"

他知道她是嫌少了。他的面色又涨红了,袋里摸来摸去,只有一张纸币了,他就拿了出来给她说:

"你别嫌少了,请你收了罢。"

他的手震动得更加厉害,他的话声也颤动起来了。那侍女对他看了一眼,就低声的说:

"谢谢!"

他一直的跑下了楼,套上了皮鞋,就走到外面来。

外面冷得非常,这一天大约是旧历的初八九的样子。半轮寒月,高挂在天空的左半边。淡青的圆形天盖里,也有几点疏星,散在那里。

他在海边上走了一回,看看远岸的渔灯,同鬼火似的在那里招引他。细浪中间,映着了银色的月光,好像是山鬼的眼波,在那里开闭的样子。不知是什么道理,他忽想跳入海里去死了。

他摸摸身边看,乘电车的钱也没有了。想想白天的事情看,他又不得不痛骂自己。

沉 沦

"我怎么会走上那样的地方去的？我已经变了一个最下等的人了。悔也无及，悔也无及。我就在这里死了吧。我所求的爱情，大约是求不到的了。没有爱情的生涯，岂不同死灰一样么？唉，这干燥的生涯，这干燥的生涯，世上的人又都在那里仇视我，欺侮我，连我自家的亲弟兄，自家的手足，都在那里排挤我到这世界外去。我将何以为生，我又何必生存在这多苦的世界里呢！"

想到这里，他的眼泪就连连续续的滴了下来。他那灰白的面色，竟同死人没有分别了。他也不举起手来揩揩眼泪，月光射到他的面上，两条泪线，倒变了叶上的朝露一样放起光来。他回转头来看看他自家的又瘦又长的影子，就觉得心痛起来。

"可怜你这清影，跟了我二十一年，如今这大海就是你的葬身地了，我的身子，虽然被人家欺辱，我可不该累你也瘦弱到这步田地。影子呀影子，你饶了我罢！"

他向西面一看，那灯台的光，一霎变了红一霎变了绿的在那里尽它的本职。那绿的光射到海面上的时候，海面就现出一条淡青的路来。再向西天一看，他只见西方青苍苍的天底下，有一颗明星，在那里摇动。

"那一颗摇摇不定的明星的底下，就是我的故国。也就是我的生地。我在那一颗星的底下，也曾送过十八个秋冬，我的乡土啊，我如今再也不能见你的面了。"

他一边走着，一边尽在那里自伤自悼的想这些伤心的哀话。走了一会,再向那西方的明星看了一眼,他的眼泪便同骤雨似的落下来了。他觉得四边的景物,都模糊起来。把眼泪揩了一下,立住了脚,长叹了一声,他便断断续续的说:

"祖国呀祖国!我的死是你害我的!

"你快富起来!强起来吧!

"你还有许多儿女在那里受苦呢!"

一九二一年五月九日改作

南　迁

一、南方

你若把日本的地图展开来一看，东京湾的东南，能看得见一条葫芦形的半岛，浮在浩渺无边的太平洋里，这便是有名的安房半岛！

安房半岛，虽然没有地中海内的长靴岛的风光明媚，然而成层的海浪，蔚蓝的天色，柔和的空气，平软的低峦，海岸的渔网，和村落的居民，也很具有南欧海岸的性质，能使旅客忘记他是身在异乡。若用英文来说，便是一个 hospitable, inviting dream-land of the romantic age（中世浪漫时代的，乡风纯朴，山水秀丽的梦境）了。

东南的斜面沿着了太平洋，从铫子到大原，成一半月弯，正可当作葫芦的下面的狭处看。铫子是葫芦下层的最大的圆周上的一点，大原是葫芦的第二层膨胀处的圆周上的一点。葫芦的顶点一直的向西曲了。就成了一个大半岛里边的小半岛，地名西岬村。西岬村的顶点便是洲崎，朝西的横界在太平洋和东京湾的中间，洲崎以东是太平洋，洲崎以北是东京湾，洲崎遥遥与伊豆半岛，相摸湾相对；

安房半岛的住民每以它为界线,称洲崎以东沿着太平洋一带为外房,洲崎以北沿着东京湾的一带为内房。原来的半岛的住民通称半岛为房州,所以内房外房,便是内房洲外房洲的缩写。房州半岛的葫芦形的底面,连着东京,所以现在火车,从东京两国桥驿出发,内房能直达到馆山,外房能达到胜浦。

二、出京

一千九百二十年的春天,二月初旬的有一天的午后,东京上野精养轩的楼上朝公园的小客室里,有两个异乡人在那里吃茶果。一个是五十岁上下的西洋人,头顶已有一块秃了。皮肤带着浅黄的黑色,高高的鹰嘴鼻的左右,深深洼在肉里的两只眼睛,放出一种钝韧的光来。瞳神的黄黑色,大约就是他的血统的证明,他那五尺五寸的肉体中间,或者也许有姊泊西(Gypsy)①的血液混在里头,或者也许有东方人的血液混在里头的,但是生他的母亲,可确是一位爱尔兰的美妇人。他穿的是一套半旧的灰黑色的哔叽的洋服,戴着一条圆领,圆领底下就连接着一件黑的小紧身,大约是代 Waist-Coat(腰褂)的。一个是二十四五岁的青年,身体也有五尺五寸多高,我们一见就能知道他是中国人,因为他那清瘦的面貌,和纤长的身

---

① 即吉普赛。

体,是在日本人中间寻不出来的。他穿着一套藤青色的哔叽的大学制服,头发约有一寸多深,因为蓬蓬直立在他那短短的脸面的上头,所以反映出一层忧郁的形容在他面上。他和那西洋人对坐在一张小小的桌上,他的左手,和那西洋人的右手是靠着朝公园的玻璃窗的。他们讲的是英国话,声气很幽,有一种梅兰刻烈(melancholy)[①]的余韵,与窗外的午后的阳光,和头上的万里的春空,却成了一个有趣的对照,若把他们的择要翻译出来,就是:

"你的脸色,近来更难看了。我劝你去转换转换空气,到乡下去静养几个礼拜。"西洋人。

"脸色不好么?转地疗养,也是很好的,但是一则因为我懒得行动,二则一个人到乡下去也寂寞得很,所以虽然寒冷得非常,我也不想到东京以外的地方去。"青年。

说到这里,窗外吹过一阵夹沙夹石的风来,玻璃窗振动了一下,响了一下,风就过去了。

"房州你去过没有?"西洋人。

"我没有去过。"青年。

"那一个地方才好呢!是突出在太平洋里的一个半岛,受了太平洋的暖流,外房的空气是非常和暖的,同东京大约要差十度的温度,这个时候,你若到太平洋岸去一看,怕还有些女人,赤裸裸的跳在

---

① 英文:感伤。

海里捉鱼呢！一带山村水郭，风景又是很好的，你不是很喜欢我们英国的田园风景的么？你上房州去就对了。"

"你去过了么？"

"我是常去的，我有一个女朋友住在房州，她也是英国人，她的男人死了，只一个人住在海边上。她的房子宽大得很，造在沙岸树林的中间；她又是一个热心的基督教徒，你若要去，我可以替你介绍的，她非常欢喜中国人，因为她和她的男人从前也在中国做过医生的。"

"那么就请你介绍介绍，出去游行一次，或者我的生活的行程，能改变得过来也未可知。"

另外还有许多闲话，也不必去提及。

到了四点的时候，窗外的钟声响了。青年按了电铃，叫侍者进来，拿了一张五元的纸币给他。青年站起来要走的时候看看那西洋人还兀的不动，青年便催说："我们去吧！"

那西洋人便张圆了眼睛问他说：

"找头呢？"

"多的也没有几个钱，就给了他们茶房罢了。"

"茶房总不至要五块钱的。你把找头拿来捐在教会的传道捐里多好啊！"

"罢了，罢了，多的也不过一块多钱。"

那西洋人还不肯走，青年就一个人走出房门来，西洋人一边还在那里轻轻的絮说,看见青年走了,也只能跟了走出房门,下楼,上大门口去。在大门口取了外套,帽子,走出门外的时候,残冬的日影,已经落在西天的地平线上,满城的房屋,都沉在薄暮的光线里了。

夜阴一刻一刻的张起她的翼膀来,那西洋人和青年在公园的大佛前面,缓步了一忽,远近的人家都点上电灯了。从上野公园的高台上向四面望去,只见同纱囊里的萤火虫一样,高下人家的灯火,在那晚烟里放异彩。远远的风来,带着市井的嘈杂的声音。电车的车轮声传近到他们两人耳边的时候,他们才知道现在是回家去的时刻了。急急的走了一下,他们已经走到了公园前大街上的电车停车处,却好向西的有一乘电车到来,他们两人就用了死力,挤了上去,因为这是工场休工的时候,劳动者大家都要乘了电车,回到他们的小小的住屋里去,所以车上挤得不堪。

青年被挤在电车的后面,几乎吐气都吐不出来。电车开车的时候,上野的报时的钟声又响了。听了这如怨如诉的薄暮的钟声,他的心思又忽然消沉起来:

"这些可怜的有血肉的机械,他们家里或许也有妻子的。他们的衣不暖食不饱的小孩子有什么罪恶,一生出地上,就不得不同他们的父母,受这世界上的折磨,或者在猪圈似的贫民窟的门口有同饿鬼似的小孩儿,在那里等候他们的父亲回来。这些同饿犬似的小孩儿,长到八九岁的时候,就不得不去作小机械去。渐渐长大了,成了一个工人，他们又不得不同他们的父祖曾祖一样，将自家的血液，去补充铁木的机械的不足去。吃尽了千辛万苦，从幼到长，从生到死，他们的生活没有半点变更。唉，这人生究竟有什么趣味，劳动者吓劳动者，你们何苦要生存在世上？这多是有权势的人的坏处，可恶的这有权势的人，可恶的这有权势的阶级，总要使他们斩草除根的消灭尽了才好。"

他想到这里，就自家嘲笑起自家来：

"呵呵，你也被日本人的社会主义感染了。你要救日本的劳动者，你何不先去救救你自家的同胞呢？在军人和官僚的政治的底下，你的同胞所受的苦楚，难道比日本的劳动者更轻么？日本的劳动者，虽然没有财产，然而他们的生命总是安全的。你的同胞，乡下的农夫，若因纳捐输粟的事情，有一点违背，就不得不被军人来虐杀了。从前做大盗，现在做军官的人，进京出京的时候，若说乡下人不知道，在他们的专车停着的地方走过，就不得不被长枪短刀来砍死了。大盗的军阀的什么武装自动车，在街上冲死了百姓，还说百姓不好，对于死人的家庭，还要他们赔罪罚钱。你同胞的妻女，若有美的，就不得不被军人来奸辱了。日本的劳动者到了日暮回家的时候，也许有他的妻女来安慰他的，那时候他的一天的苦楚，便能忘在脑后，但是你的同胞如何？不问是不是你的结发妻小，若那些军长师长委员长县长等类要她去作一房等八、九的小妾，你能拒绝么？有诉讼事件的时候，你若送裁判官的钱，送了比你的对争者少一点，或是在上级衙门里没有一个亲戚朋友，虽然受了冤屈，你难道能分诉得明白么？……"

想到这里的时候，青年的眼睛里，就酸软起来。他若不是被挤在这一群劳动者的中间，怕他的感情就要发起作用来，却好车到了本乡三丁目，他就推推让让的跟了几个劳动者下了电车。立在电车外边的日暮的大道上，寻来寻去的寻了一会，他才看见那西洋人的秃头，背朝着了他，坐在电车中间的椅上。他走到电车的中央的地方，垫起了脚，从外面向电车的玻璃窗推了几下，那秃头的西洋人才回转头来，看见他立在车外的凉风里，那西洋人就从电车里面放下车窗来说：

"你到了么？今天可是对你不起。多谢多谢。身体要保养些。我……"

"再会再会，我已经到了。介绍信请你不要忘记了……"

话没有说完，电车已经开了。

三、浮萍

二月廿三日的午后二点半钟，房州半岛的北条火车站上的第四次自东京来的火车到了，这小小的乡下的火车站上，忽然热闹了一阵。客人也不多，七零八落的几个乘客，在收票的地方出去之后，火车站上仍复冷清起来。火车站的前面停着一乘合乘的马车，接了几个下车的客人，留了几声哀寂的喇叭声在午后的澄明的空气里，促起了一阵灰土，就在泥尘的乡下的天然的大路上，朝着太阳向西的地方开出去了。

留在火车站上呆呆的站着的只剩了一位清瘦的青年，便是三礼拜前和一个西洋宣教师在东京上野精养轩吃茶果的那一位大学生。他是伊尹的后裔，你们若把东京帝国大学的一览翻出来一看，在文科大学的学生名录里，头一个就能见他的名姓籍贯：

　　伊人，中华留学生，大正八年入学。

伊人自从十八岁到日本之后一直到去年夏天止，从没有回国去过。他的家庭里只有他的祖母是爱他的。伊人的母亲，因为他的父亲死得太早，所以竟变成了一个半男半女的性格，他自小的时候她就不知爱他，所以他渐渐的变成了一个厌世忧郁的人。到了日本之后，他的性格竟愈趋愈怪了，一年四季，绝不与人往来，只一个人默默的坐在寓室里沉思默想。他所读的都是那些在人生的战场上战败了的人的书，所以他所最敬爱的就是略名 B. V. 的 James Thomson, H. Heine, Leopardi, Ernest Dowson[①] 那些人。他下了火车，向行李房去取

[①] 詹姆斯·汤姆逊（1834—1882），英国感伤主义诗人；海因里希·海涅（1797—1856），德国抒情诗人；贾科莫·莱奥帕尔迪（1978—1837），意大利浪漫主义诗人；欧内斯特·道生（1867—1900），英国唯美主义诗人。

出的一只帆布包,里边藏着的,大约也就是这几位先生的诗文集和传记等类。他因为去年夏天被一个日本妇人欺骗了一场,所以精神身体,都变得同落水鸡一样。晚上梦醒的时候,身上每发冷汗,食欲不进,近来竟有一天不吃什么东西的时候。因为怕同去年那一个妇人遇见,他连午膳夜膳后的散步也不去了。他身体一天一天的瘦弱下去,他的面貌也一天一天的变起颜色来了。到房州的路程是在平坦的田畴中间,辟了一条小小的铁路,铁路的两旁,不是一边海一边山,便是一边枯树一边荒地。在红尘软舞的东京,失望伤心到极点的神经过敏的青年的最初的感觉,自然是觉得轻快得非常。伊人下车之后看了四边的松树和丛林,有几缕薄云飞着的青天,宽广的空地里浮荡着的阳光和车站前面的店里清清冷冷坐在账桌前的几个纯朴的商人,就觉得是自家已经到了十八世纪的乡下的样子。亚力山大·斯密司著的《村落的文章》里的 *Dreamthorp*（by Alexander Smith）好像是被移到了这东海的小岛上的东南角上来了。

伊人取了行李,问了一声说:

"这里有一位西洋的妇女,你们知道不知道的?"

行李房里的人都说:

"是C夫人么?这近边谁都知道她的,你但对车夫讲她的名字就对了。"

伊人抱了他的一个帆布包坐在人力车上,在枯树的影里,摇摇不定的走上C夫人的家里去的时候,他心里又生了一种疑惑:

"C夫人不晓得究竟是怎么的一个人，她不知道是不是同E某一样，也是非常节省鄙吝的。"

可怜他自小就受了社会的虐待，到了今日，还不敢信这尘世里有一个善人。所以他与人相遇的时候，总不忘记警戒，因为他被世人欺得太甚了。在一条有田园野趣的村路上弯弯曲曲的跑了三十分钟，树林里露出了一个木造的西洋馆的屋顶来。车夫指着了那一角屋顶说：

"这就是C夫人的住屋！"

车到了这洋房的近边，伊人看见有一圈小小的灌木沿了那洋房的庭园，生在那里，上面剪得虽然不齐，但是这一道灌木的围墙，比铁栅瓦墙究竟风雅，他小的时候在洋画里看见过的那阿凤河上的斯曲拉突的莎士比亚的古宅，又重新想了出来。开了那由几根木棒做的一道玲珑的小门进去，便是住宅的周围的庭园，园中有几处常青草，也变了颜色，躺在午后的微弱的太阳光里。小门的右边便是一眼古井，那只吊桶，一高一低的悬在井上的木架上。从门口一直向前沿了石砌的路进去，再进一道短小的竹篱，就是C夫人的住房，伊人因为不便直接的到C夫人的住房里，所以就吩咐车夫拿了一封E某的介绍书往厨房门去投去。厨房门须由石砌的正路叉往右去几步，人若立在灌木围住的门口，也可以看见这厨房门的。庭园中，井架上，红色的木板的洋房壁上都洒满了一层白色无力的午后的太阳光线，四边空空寂寂，并无一个生物看见，只有几只半大的雌雄鸡，呆呆的立在井旁,在那里惊看伊人和他的车夫。

　　车夫在厨房门口叫了许久,不见有人出来。伊人立在庭园外的木栅门口,听车夫的呼唤声反响在寂静的空气里,觉得声大得很。约略等了五分钟的样子,伊人听见背后忽然有脚步响,回转头来一看,看见一个五十来岁的日本老妇人,蓬着了头红着了脸走上伊人这边来。她见了伊人便行了一个礼,并且说:

　　"你是东京来的伊先生么?我们东家天天在这里盼望你来呢!请你等一等,我就去请东家出来。"

　　这样的说了几句,她就慢慢的挨过了伊人的身前,跑上厨房门口去了。在厨房门口站着的车夫把伊人带来的介绍信交给了她。她就跑进去了。不多一忽,她就同一个五十五六的西洋妇人从竹篱那面出来,伊人抢上去与那西洋妇人握手之后,她就请伊人到她的住房内去,一边却吩咐那日本女人说:

　　"把伊先生的行李搬上楼上的外边的室里去!"

　　她一边与伊人说话,一边在那里预备红茶。谈了三十分钟,红茶也吃完了,伊人就到楼上的一间小房里去整理行李去。把行李整理了一半,那日本妇人上楼来对伊人说:

　　"伊先生!现在是祈祷的时候了!请先生下来到祈祷室里来罢。"

　　伊人下来到祈祷室里,见有两个日本的男学生和三个女学生已经先在那里了。夫人替伊人介绍过之后对伊人说:

"我们每天从午后三点到四点必聚在一处唱诗祈祷的。祈祷的时候就打那一个钟作记号。（说着她就用手向檐下指了一指。）今天因为我到外面去了不在家，所以迟了两个钟头，因此就没有打钟。"

伊人向四围看了一眼，见第一个男学生头发长得很，同狮子一样的披在额上，戴着一双极近的钢丝眼镜，嘴唇上的一圈胡须长得很黑，大约已经有二十六七岁的样子。第二个男学生是一个二十岁前后的青年，也戴一双平光的银丝眼镜，一张圆形的粗黑脸，嘴唇向上的。两个人都是穿的日本的青花便服，所以一见就晓得他们是学生。女学生伊人不便观察，所以只对了一个坐在他对面的年纪十六七岁的人，看了几眼，依他的一瞬间的观察看来，这一个十六七岁的女学生要算是最好的了，因为三人都是平常的相貌，依理而论，却够不上水平线。只有这一个女学生的长方面上有一双笑靥，所以她笑的时候，却有许多可爱的地方。读了一节圣经，唱了两首诗，祈祷了一回，会就散了。伊人问那两个男学生说：

"你们住在近边么？"

那长发的近视眼的人，恭恭敬敬的抢着回答说：

"是的，我们就住在这后面的。"

那年轻的学生对伊人笑着说：

"你的日本话讲得好得很，起初我们以为你只能讲英国话，不能讲日本话的。"

C夫人接着说：

"伊先生的英国话却比日本话讲得好,但是他的日本话要比我的日本话好得多呢!"

伊人红了脸说:

"C夫人!你未免过誉了。这几位女朋友是住在什么地方的?"

C夫人说:

"她们都住在前面的小屋里,也是同你一样来养病的。"

这样的说着,C夫人又对那几个女学生说:

"伊先生的学问是非常有根底的,礼拜天我们要请他说教给我们听哩!"

再会再会的声音,从各人的口中说了出来。来会的人都散去了。夜色已同死神一样,不声不响地把屋中的空间占领了。伊人别了C夫人仍回到他楼上的房里来,在灰暗的日暮的光里,整理了一下,电灯来了。

六点四十分的时候,那日本妇人来请伊人吃夜饭去,吃了夜饭,谈了三十分钟,伊人就上楼去睡了。

四、亲和力

第二天早晨,伊人被窗外的鸟雀声唤醒,起来的时候,鲜红的日光已射满了沙岸上的树林,他开了朝南的窗,看看四围的空地丛林,都披了一层健全的阳光,横躺在无穷的苍空底下。他远远的看见北条车站上，有一乘机关车在那里哼烟，机关车的后面，连接着几辆客车货车，他知道上东京去的第一次车快开了。太阳光被车烟在半空中遮住，他看见车烟带着一层红黑的灰色，车站的马口铁的屋顶上，横斜的映出一层黑影来。从车站起，两条小小的轨道渐渐的阔大起来在他的眼下不远的地方通过，他觉得磨光的铁轨上，隐隐地反映着同蓝色的天鹅绒一样的天空，他看看四边，觉得广大的天空，远近的人家，树林，空地，铁道，村路都饱受了日光，含着了生气，好像在那里微笑的样子，他就深深地吸了一口清新的空气，觉得自家的肠腑里也有些生气回转起来，含了微笑，他轻轻的对自家说：

"春到人间了，啊，Frühling ist gekommen！"[①]

呆呆的站了好久，他才拿了牙刷牙粉肥皂手巾走下楼来到厨下去洗面去。那红眼的日本妇人见了他，就大声地说：

"你昨天晚上睡得好不好？我们的东家出去传道去了，九点半钟的圣经班她是定能回来的。"

洗完了面，回到楼上坐了一忽，那日本妇人就送了一杯红茶和两块面包和白糖来。伊人吃完之后，看看 C 夫人还没有回来，就跑出去散步去。从那一道木棒编成的小门里出去，沿了昨天来的那条村路向东的走了几步，他看见一家草舍的回廊上，有两个青年在那里享太阳，发议论。他看看好像是昨天见过的两个学生，所以就走

---

① 德文：春到人间了！

了进去。两个青年见他进来,就恭恭敬敬的拿出垫子来,叫他坐了。那近视长发的青年,因为太恭敬过度了,反要使人发起笑来。伊人坐定之后,那长发的近视眼就含了微笑,对他呆了一呆,嘴唇动了几动,伊人知道他想说话了,所以就对他说:

"你说今天的天气好不好?"

"Es, Es, beri gud, beri gud, and how longu hab you been in Japan?"

(是,是,好得很,好得很,你住在日本多久了?)

那一位近视眼,突然说出了几句日本式的英国话来,伊人看看他那忽尖忽圆的嘴唇的变化,听听他那舌根底下好像含一块石子的发音,就想笑出来,但是因为是初次见面,又不便放声高笑,所以只得笑了一笑,回答他说:

"About eight years, quite a long time, isn't it?"

(差不多八年了,已经长得很呢,是不是?)

还有那一位二十岁前后的青年看了那近视眼说英文的样子,就笑了起来,一边却直直爽爽的对他说:

"不说了罢,你那不通的英文,还不如不说的好,哈哈。"

那近视眼听了伊人的回话,又说:

"Do you undastand my Ingulish?"

(你懂得我讲的英文么?)

"Yes, of course, I do, but..."

（那当然是懂的，但是……）

伊人还没有说完，他又抢着说：

"Alright, alright, leto us speaku Ingulish heea after."

（很好很好，以后我们就讲英文罢。）

那年轻的青年说：

"伊先生，你别再和他歪缠了，我们向海边上去走走罢。"

伊人就赞成了，那年轻的青年便从回廊上跳了下来，同小丑一样的故意把衣服整了一整，把身体向左右前后摇了一摇，对了那近视眼恭恭敬敬的行了一礼，说：

"Gudo-bye! Mista K. Gudo-bye!"

伊人忍不住的笑了起来，那近视眼的K也说：

"Gudo-bye, Mista B. Gudo-bye, Mista Yi."

走过了那草舍的院子，踏了松树的长影，出去二三步就是沙滩了。清静的海岸上并无人影，洒满了和煦的阳光。海水反射着太阳光线，好像在那里微笑的样子。沙上有几行行人的足迹，印在那里。远远的向东望去，有几处村落，有几间渔舍浮在空中，一层透明清洁的空气，包在那些树林屋脊的上面。西边湾里有一处小市，浮在海上，市内的人家，错错落落的排列在那里，人家的背后，有一带小山，小山的背后，便是无穷的碧落。市外的湾口有几艘帆船停泊着，那几艘船的帆樯，却能形容出一种港市的感觉来。年轻的B说：

"那就是馆山，你看湾外不是有两个小岛同青螺一样的浮在那里么？一个是鹰岛，一个是冲岛。"

伊人向 B 所说的方向一看，在薄薄的海气里，果然有两个小岛浮在那里，伊人看那小岛的时候，忽然注意到小岛的背景的天空里去。他从地平线上一点一点的抬头起来，看看天空，觉得蓝苍色的天体，好像要溶化了的样子，他就不知不觉的说：

"唉，这碧海青天！"

B 也仰起头来看天，一边对伊人说：

"伊先生！看了这青淡的天空，你们还以为有一位上帝，在这天空里坐着的么？若说上帝在那里坐着，怕在这样晴朗的时候，要跌下地来呢！"

伊人回答说：

"怎么不跌下来？你不曾看过弗兰斯著的 *Thais*（泰衣斯）么？那绝食断欲的圣者，就是为了泰衣斯的肉体的缘故，从天上跌下来的吓。"

"不错不错，那一位近视眼的神经病先生，也是很妙的。他说他要去进神学校去，每天到了半夜三更就放大了嗓子，叫起上帝来。

"'主吓，唉，主吓，神吓，耶稣吓！'

"像这样的乱叫起来，到了第二天，去问他昨夜怎么了？他却一声也不响，把手摇几摇，嘴歪几歪。再过一天去问他，他就说：

"'昨天我是一天不言语的，因为这也是一种修行，一礼拜之内我有两天是断言的。不讲话的，无论如何，在这两天之内，总不

开嘴的。'

"有的时候他赤足赤身的跑上雨天里去立在那里，我叫他，他默默地不应，到了晚上他却喀喀的咳嗽起来，你看这样寒冷的天气，赤了身到雨天里去，哪有不伤风的道理？到了这二天，我问他究竟为什么要上雨天里去，他说这也是一种修行。有一天晚上因为他叫'主吓！神吓！'叫得太厉害了，我在梦里头被他叫醒，在被里听听，我也害怕起来。以为有强盗来了，所以我就起来，披了衣服，上他那一间房里去看他，从房门的缝里一瞧，我就不得不笑起来。你猜怎么着，他老先生把衣服脱了精光，把头顶倒在地下，两只脚靠了墙壁跷在上面，闭了眼睛，作了一副苦闷难受的脸色，尽在那里瞎叫：

"'主吓，神吓，天吓，上帝吓！'

"第二天我去问，他却一句话也不答，我知道这又是他的断绝言语的日子，所以就不去问他了。"

B形容近视眼K的时候，同戏院的小丑一样，做脚做手的做得非常出神，伊人听一句笑一阵，笑得不了。到后来伊人问B说：

"K何苦要这样呢！"

"他说他因为要预备进神学校去，但是依我看来，他还是去进疯狂病院的好。"

伊人又笑了起来。他们两人的健全的笑声，反响在寂静的海岸的空气里，更觉得这一天的天气的清新可爱了。他们两个人的影子，和两双皮鞋的足迹在海边的软沙上印来印去的走了一回，忽听见晴空里传了一阵清朗的钟声过来，他们知道圣经班的时候到了，所以就走上 C 夫人的家里去。

到 C 夫人家里的时候，那近视眼的 K，和三个女学生已经围住了 C 夫人坐在那里了，K 见了伊人和 B 来的时候，就跳起来放大了嗓子用了英文叫着说：

"Hulleo, where hab you been?"

（喂！你们上哪儿去了？）

三个女学生和 C 夫人都笑了起来，昨天伊人注意观察过的那个女学生的一排白白的牙齿，和她那面上的一双笑靥，愈加使她可爱了。伊人一边笑着，一边在那里偷看她。各人坐下来，伊人又占了昨天的那位置，和那女学生对面地坐着。唱了一首赞美诗，各人就轮读起圣经来。轮到那女学生读的时候，伊人便注意看她那小嘴，她脸上自然而然的起了一层红潮。她读完之后，伊人还呆呆的在那里看她嘴上的曲线，她抬起头来的时候，她的视线同伊人的视线冲混了。她立时涨红了脸，把头低了下去。伊人也觉得难堪，就把视线集注到他手里的圣经上去。这些微妙的感情流露的地方，在座的人恐怕一个人也没有知道。圣经班完了，各人都要散回家去，近视眼的 K，又用了英文对伊人说：

"Mista Yi, leto us take a walk."

（伊先生，我们去散步罢。）

伊人还没有回答之先,他又对那坐在伊人对面的女学生说:

"Miss O, you will join us, would'nt you?"

(O女士,你也同我们去罢?)

那女学生原来姓O,她听了这话,就立时红了脸,穿了鞋,跑回去了。

C夫人对伊人说:

"今天天气好得很,你向海边上去散散步也很好的。"

K听了这话,就叫起来说:

"Es, es, alright, alright."

(不错不错,是的是的。)

伊人不好推却,只得同K和B三人同向海边上去。走了一回,伊人便说走乏了要回家来。K拉住了他说:

"Leto us pray!"

(让我们来祷告罢!)

说着K就跪了下去,伊人被他惊了一跳,不得已也只能把双膝曲了。B却一动也不动地站在那里看。K又叫了许多主吓神吓上帝吓。叫了一忽,站起来说:

"Gud-bye Gud-bye!"

(再会再会!)

一边说,一边就回转身来大踏步的走开了,伊人摸不出头绪来,一边用手打着膝上的沙泥,一边对B说:

"是怎么一回事,他难道发怒了么?"

B说:

"什么发怒,这便是他的神经病吓!"

说着,B又学了K的样子,跪下地去,上帝吓,主吓,神吓的叫了起来。伊人又禁不住的笑了。远远地忽有唱赞美诗的声音传到他们的耳边上来。B说:

"你瞧什么发怒不发怒,这就是他唱的赞美诗吓。"

伊人问B是不是基督教徒。B说:

"我并不是基督教徒,因为K定要我去听圣经,所以我才去。其实我也想信一种宗教,因为我的为人太轻薄了,所以想得一种信仰,可以自重自重。"

伊人和他说了些宗教上的话,又各把自己的学籍说了。原来B是东京高等商业学校的学生,去年年底染了流行性感冒,到房州来是为病后的保养来的。说到后来,伊人问他说:

"B君,我住在C夫人家里,觉得不自由得很,你那里的主人,还肯把空着的那一间房借给我么?"

"肯的肯的,我回去就同主人去说去,你今天午后就搬过来罢。那一位C夫人是有名的吝啬家,你若在她那里住久了,怕要招怪呢!"

又在海边走了一回,他们看看自家的影子渐渐儿的短起来了,快到十二点的时候,伊人就别了B,回到C夫人的家里来。

吃午膳的时候。伊人对C夫人把要搬往后面的K、B同住去的话说了，C夫人也并不挽留，吃完了午膳，伊人就搬往后面的别室里去了。

把行李书籍整顿了一整顿，看看时候已经不早了，伊人便一个人到海边上去散步去。一片汪洋的碧海，竟平坦得同镜面一样。日光打斜了，光线射在松树的梢上，作成了几处阴影。午后的海岸，风景又同午前的不同。伊人静悄悄的看了一回，觉得四边的风景怎么也形容不出来。他想把午前的风景比作患肺病的纯洁的处女，午后的风景比作成熟期以后的嫁过人的丰肥的妇人。然而仔细一想，又觉得比得太俗了。他站着看一忽，又俯了头走一忽，一条初春的海岸上，只有他一个人和他的清瘦的影子在那里动着。他向西的朝着了太阳走了一回，看看自家已经走得远了，就想回转身来走回家去，低头一看，忽看见他的脚底下的沙上有一条新印的女人的脚印印在那里。他前前后后的打量了一回，知道这脚印的主人必在这近边的树林里。并没有什么目的，他就跟了那一条脚步印朝南的走向岸上的松树林里去。走不上三十步路，他看见树影里的枯草上有一条毡毯，几本书和妇人杂志等摊在那里。因为枯草长得很，所以他在海水的边上竟看不出来，他知道这定是属于那脚印的主人的，但是这脚印的主人不知上哪里去了。呆呆的站了一忽，正想走转来的时候，他忽见树林里来了一个妇人，他的好奇心又把他的脚缚住了，等那妇人走近来的时候，他不觉红起脸来，胸前的跳跃怎么也按不下去，所以他只能勉强把视线放低了，眼看了地面，他就回了那妇人一个礼，因为那时候,她已经走到他的面前来了,她原来就是那姓 O 的女学生。他好像是自家的卑陋的心情已经被看破了的样子,红了脸对她赔罪说:

"对不起得很,我一个人闯到你的休息的地方来。"

"不……不要……"

看她也好像是没有什么懊恼的样子,便大着胆问她说:

"你府上也是东京么?"

"学校是在东京的上野……但是……家乡是足利。"

"你同 C 夫人是一向认识的么?"

"不是的……是到这里来之后认识的。……"

"同 K 君呢?"

"那一个人……那一个是糊涂虫!"

"今天早晨他邀你出去散步,是他对我的好意,实在唐突得很,你不要见怪了,我就在这里替他赔一罪罢。"

伊人对她行了一个礼,她倒反觉难以为情起来,就对伊人说:

"说什么话,我……我……又不在这里怨他。"

"我也走得乏了,你可以让我在你的毡毯上坐一坐么?"

"请,请坐!"

伊人坐下之后,她尽在那里站着,伊人就也站了起来说:

"我可失礼了,你站在那里,我倒反而坐起来。"

"不是这样的,不是这样的,我因为坐得太久,所以不愿意再坐了。"

"这样我们再去走一忽罢。"

"怕被人家看见了。"

"海边上清静得很，一个人也没有。"

她好像是无可无不可的样子。伊人就在前头走了，她也慢慢的跟了来。太阳已经快斜到三十度的角度了，他和她沿了海边向西的走去，背后拖着了两个纤长的影子。东天的碧落里，已经有几片红云，在那里报将晚的时刻，一片白白的月亮也出来了。默默地走了三五分钟，伊人回转头来问她说：

"你也是这病么？"

一边说着一边就把自家的左手向左右肩的锁骨穴指了一下，她笑了一笑便低下头去，他觉得她的笑里有无限的悲凉的情意含在那里。默默的又走了几步，他觉得被沉默压迫不过了，又对她说：

"我并没有什么症候，但是晚上每有虚汗出来，身体一天一天地清瘦下去，一礼拜前，我上大学病院去求诊的时候，医生教我休学一年，回家去静养，但是我想以后只有一年三个月了，怎么也不愿意再迟一年，所以今年暑假前我还想回东京去考试呢！"

"若能注意一点，大约总没有什么妨碍的。"

"我也是这么的想，毕业之后，还想上南欧去养病去呢！"

"罗马的古墟原是好的，但是由我们病人看来，还是爱衣奥宁海岸的小岛好呀！"

"你学的是不是声乐?"

"不是的,我学的是钢琴,但是声乐也学的。"

"那么请你唱一个小曲儿罢。"

"今天嗓子不好。"

"我唐突了,请你恕我。"

"你又要多心了,我因为嗓子不好,所以不能唱高音。"

"并不是会场上,音的高低,又何必去问它呢!"

"但是这样被人强求的时候,反而唱不出来的。"

"不错不错,我们都是爱自然的人,不唱也罢了。"

"走了太远了,我们回去罢。"

"你走乏了么?"

"乏倒没有,但是草堆里还有几本书在那里,怕被人看见了不好。"

"但是我可不曾看你的书。"

"你怎么会这样多心的,我又何尝说你看过来!"

"唉,这疑心病就是我半生的哀史的证明呀!"

"什么哀史?"

伊人就把自小被人虐待,到了今日还不曾感得一些热情过的事情说了。两人背后的清影,一步一步的拖长起来,天空的四周,渐渐儿的带起紫色来了。残冬的余势,在这薄暮的时候,还能感觉得出来,从海上吹来的微风,透了两人的冬服,刺入他和她的火热的心里去。伊人向海上一看，见西北角的天空里一座倒擎的心样的雪山，带着了浓蓝的颜色，在和软的晚霞里作会心的微笑，伊人不觉高声的叫着说：

"你看那富士！"

这样的叫了一声，他不知不觉的伸出了五个指头去寻她那只同玉丝似的手去，他的双眼却同在梦里似的，还悬在富士山的顶上。几个柔软的指头和他那冰冷的手指遇着的时候，他不觉惊了一下，伸转了手，回头来一看，却好她也正在那里转过她的视线来。两人看了一眼，默默地就各把头低去了。站了一忽，伊人就改换了声音，光明正大的对她说：

"你怕走倦了罢，天也快晚了，我们回转去罢。"

"就回转去罢，可惜我们背后不能看太阳落山的光景。"

伊人向西天一看，太阳已经快落山去了。回转了身，两人并着的走了几步，她说：

"影子真长！"

"这就是太阳落山的光景呀！"

海风又吹过一阵来，岸边起了微波，同飞散了的金箔似的，浪影闪映出几条光线来。

"你觉得凉么，我把我的外套借给你好么？"

"不凉……女人披了男人的外套，像什么样子呀！"

又默默的走了几步，他看看远岸已经有一层晚霞起来了。他和

沉 沦

K、B 住的地方的岸上树林里，有几点黑影，围了一堆红红的野火坐在那里。

"那一边的小孩儿又在那里生火了。"

"这正是一幅画呀！我好像唱得出歌来的样子：

"Kennst du das Land, wo die Zitronen blühn.

Im dunkeln Laub die Gold-Orangen glühn,

Ein sanfter Wind vom blauen Himmel weht,

Die Myrte still und hoch der Lorbeer steht?①

"底下的是重复句，怕唱不好了！

"Kennst du es wohl?

Dahin! Dahin

Möcht'ich mit dir, o mein Geliebter, ziehn!"

她那悲凉微颤的喉音，在薄暮的海边的空气里悠悠扬扬的浮荡着，他只觉得一层紫色的薄膜把他的五官都包住了。

---

① 出自歌德《迷娘的歌》，作者译本附于本文后。

"Kennst du das Haus? Auf Säulen ruht sein Dach,

Es glänzt der Saal, es schimmert das Gemach,

Und Marmorbilder stehn und sehn mich an:

Was hat man dir, du armes Kind, getan?"

  四边的空气一刻一刻的浓厚起来。海面上的凉风又掠过了他的那火热的双颊，吹到她的头发上去。他听了那一句歌，忽然想起了去年夏天欺骗他的那一个轻薄的妇人的事情来。

  "你这可怜的孩子呀，他们欺负了你么，唉！"

  他自家好像是变了迷娘（Mignon），无依无靠的一个人站在异乡的日暮的海边上的样子，用了悲凉的声调在那里幽幽唱曲的好像是从细浪里涌出来的宁妇（Nymph）魅妹（Mermaid）。他忽然觉得Sentimental起来，两颗同珍珠似的眼泪滚下他的颊际来了。

"Kennst du es wohl?

Dahin! Dahin

Möcht ich mit dir, o mein Beschützer, ziehn.

Kennst du den Berg und seinen Wolkensteg？

Das Maultier sucht im Nebel seinen Weg,

In Höhlen wohnt der Drachen alte Brut;

> Es stürzt der Fels und über ihn die Flut,
>
> Kennst du ihn wohl?
>
> Dahin! Dahin
>
> Geht unser Weg ! o Vater, laß uns ziehn!"

她唱到了这一句，重复的唱了两遍。她那尾声悠扬同游丝似的哀寂的清音，与太阳的残照，都在薄暮的空气里消散了。西天的落日正挂在远远的地平线上，反射出一天红软的浮云，长空高冷，带起银蓝颜色来，平波如镜的海面，也加了一层橙黄的色彩，与四围的紫色溶作了一团。她对他看了一眼，默默的走了几步，就对他说：

"你确是一个 Sentimentalist[①]！"

他的感情脆弱的地方，怕被她看破，就故意的笑着说：

"说什么话，这一个时期我早已经过去了。"

但是他颊上的两颗眼泪，还未曾干落，圆圆的泪珠里，也反映着一条缩小的日暮的海岸。走到她放毡毯书籍的地方，暮色已经从松树枝上走下来，空中悬着的半规上弦的月亮，渐渐儿的放起光来了。

"再会再会！"

"再会……再……会！"

---

① 英文：感伤主义者。

五、月光

伊人回到他住的地方，看见B一个人呆呆的坐在廊下看那从松树林里透过来的黝暗的海岸。听了伊人的脚步声，就回转头来叫他说：

"伊君！你上什么地方去了，我们今天唱诗的时候只有四个人。你也不去，两个好看的女学生也不来，只有我和K君和一位最难看的女学生，C夫人在那里问你呢！"

"对不起得很，我因为上馆山去散步去了，所以赶不及回来。你已经吃过晚饭了么？"

"吃过了。浴汤也好了，主人在那里等你洗澡。"

洗了澡，吃了晚饭，伊人就在电灯底下记了一篇长篇的日记。把迷娘（Mignon）的歌也记了进去，她说的话也记了进去，日暮的海岸的风景，悲凉的情调，他的眼泪，她的纤手，富士山的微笑，海浪的波纹，沙上的足迹，这一天午后他所看见听见感得的地方都记了进去。写了两个多钟头，他愈写愈加觉得有趣，写好之后，读了又读，改了又改，又费去了一个钟头，这海岸的村落的人家，都已沉沉的酣睡尽了。寒冷静寂的屋内的空气压在他的头上肩上身上，他回头看看屋里，只有壁上的他那扩大的影子在那里动着，除了屋顶上一声两声的鼠斗声之外，更无别的音响振动着空气。火钵里的火也消了，坐在屋里，觉得难受，他便轻轻的开了门，拖了草履，

沉　沦

走下院子里去，初八九的上弦的半月，已经斜在西天，快落山去了。踏了松树的影子，披了一身灰白的月光，他又穿过了松林，走到海边上去。寂静的海边上的风景，比白天更加了一味凄惨洁净的情调。在将落未落的月光里，踏来踏去的走了一回，他走上白天他和她走过的地方去。差不多走到了时候，他就站住了脚，曲了身去看白天他两人的沙滩上的足迹去。同寻梦的人一样，他寻了半天总寻不出两人的足印来。站起来又向西的走了一忽，伏倒去一寻，他自家的橡皮革履的足迹寻出来了。他的足迹的后边一步一步跟上去的她的足迹也寻了出来。他的胸前觉得似有跳跃的样子，圣经里的两节话忽然被他想出来了。

> But I say unto you, that whosoever look the woman to lust after her hath committed adultery with her already in his heart.
> 　　And if thy right eye ofend thee, pluck it out, and cast it from thee; for it is profitable for thee that one of thy members should perish, and not that thy whole body should be cast into hell.
>
> 　　　　　　　　　　　　　　　*Matthew* 5.28—29[①]

---

① 出自《圣经·新约·马太福音》：但我告诉你们，凡是看见妇女就起淫念的，这人心里已经与她犯奸淫了。若是你的右眼叫你跌倒，就剜出来丢掉。宁可失去你身体的一部分，不叫你全身丢在地狱里。

伊人虽已经与妇人接触过几次，然而在这时候，他觉得他的身体又回到童贞未破的时候去了的一样，他对O的心，觉得真是纯洁高尚，并无半点邪念的样子，想到了这两节圣经，他的心里又起冲突来了。他站起来闭了眼睛，默默的想了回。他想叫上帝来帮助他，可是他的哲学的理智性怎么也不许他祈祷，闭了眼睛，立了四五分钟，摇了一摇头，叹了一口气，他仍复走了回来。他一边走一边把头转向南面的树林，在深深的探视。那边并无灯火看得出来，只有一层朦胧的月光，罩在树林的上面，一块树林的黑影，教人想到神秘的事迹上去。他看了一回，自家对自家说：

"她定住在这树林的里边，不知她睡没有睡，她也许在那里看月光的。唉，可怜我的一生。可怜我的长失败的生涯！"

月亮又低了一段，光线更灰白起来，海面上好像有一只船在那里横驶的样子，他看了一眼，灰白的光里，只见一只怪兽似的一个黑影在海上微动，他忽觉得害怕起来，一阵凉风又横海的掠上他的颜面，他打了一个冷噤，就俯了首三脚两步的走回家来了。睡了之后，他觉得有女人的声音在门外叫他的样子！仔细听了一听，这确是唱迷娘的歌的声音。他就跑出来跟了她上海边上去。月亮正要落山的样子，西天尽变了红黑的颜色。他向四边一看，觉得海水树林沙滩也都变了红黑色了。他对她一看，见她脸色被四边的红黑色反映起来，竟苍白得同死人一样。他想和她说话，但是总想不出什么话来。

沉 沦

她也只含了两眼清泪,在那里默默的看他。两人在沉默的中间,动也不动的看了一忽,她就回转身向树林里走去。他马上追了过去,但是到树林的口头的时候,他忽然遇着了去年夏天欺骗他的那个淫妇,含着了微笑,从树林里走了出来。啊的叫了一声,他就想跑回到家里来,但是他的两脚,怎么也不能跑,苦闷了一回,他的梦才醒了。身上又发了一身冷汗,那一晚他再也不能睡了。去年夏天的事情,他又回想了出来。去年夏天他的身体还强健得很,在高等学校卒了业,正打算进大学去,他的前途还有许多希望在那里。我们更换一个高一级的学校或改迁一个好一点的地方的时候感得的那一种希望心和好奇心,也在他的胸中酝酿。那时候他的经济状态,也比现在宽裕,家里汇来的五百元钱,还有一大半存在银行里,他从他的高等学校的N市,迁到了东京,在芝区的赤仓旅馆住了一个礼拜,有一天早晨在报上看见了一处招租的广告。因为广告上出租的地方近在第一高等学校的前面,所以去大学也不甚远。他坐了电车,到那个地方去一看,是一家中流人家。姓N的主人是一个五六十岁的强壮的老人,身体伟巨得很,相貌虽然狞恶,然而应对却非常恭敬。出租的是楼上的两间房子,伊人上楼去一看,觉得房间也还清洁,正坐下去,同那老主人在那里讲话的时候,扶梯上走上了一个二十三四的优雅的妇人来。手里拿了一盆茶果,走到伊人的面前就恭恭敬敬跪下去对伊人行了一个礼。伊人对她看了一眼,她就含了微笑,对伊人丢了一个眼色。伊人倒反觉得害起羞来。她还是平平常常的好像得了胜利似的下楼去了。伊人说定了房间，就走下楼来，出门的时候，她又跪在门口，含了微笑在那里送他。他虽然不能仔仔细细的观察，然而就他一眼所及的地方看来，刚才的那个妇人，确是一个美人。小小的身材，长圆的脸儿，一头丛多的黑色的头发，坠在她的娇白的额上。一双眼睛活得很，也大得很，伊人一路回到他的旅馆里去，在电车上就作了许多空想。

"名誉我也有了，从九月起我便是帝国大学的学生了。金钱我也可以支持一年，现在还有二百八十余元的积贮在那里。第三个条件就是女人了。Ah, money, love and fame!① "

他想到这里，不觉露了一脸微笑，电车里坐在他对面的一个中年的妇人，好像在那里看他的样子，他就在洋服袋里拿出一册当时新出版的日本的小说《一妇人》（Aru Onnan）来看了。

第二天早晨，他一早就从赤仓旅馆搬到本乡的 N 的家里去。因为时候还早得很，昨天看见的那个妇人还没有梳头，粗衣乱发的她的容姿，比梳妆后的样子还更可爱，他一见了她就红了脸，一句话也讲不出来。她只含着了微笑，帮他在那里整理从旅馆里搬来的物件。一只书箱重得很，伊人一个人搬不动，她就跑过来帮伊人搬上楼去。搬上扶梯的时候，伊人退了一步，却好冲在她的怀里，她便轻轻地把伊人抱住了说：

---

① 英文：啊，金钱，爱情和名誉！

"危险呀！要没有我在这里，怕你要滚下去了。"

伊人觉得一层女人的电力，微微的传到他的身体上去。他的自制力已经没有了，好像在冬天寒冷的时候，突然进了热雾腾腾的浴室里去的样子，伊人只昏昏的说：

"危险危险！多谢多谢！对不起对不起！……"

伊人急忙走开了之后，她还在那里笑着，看了伊人的恼羞的样子，她就问他说：

"你怕羞么！你怕羞我就下楼去！"

伊人正想回话的时候，她却转了身走下楼去了。

夏天的暑热，一天一天的增加起来，伊人的神经衰弱也一天一天的重起来了。伊人在N家里住了两个礼拜，家里的情形，也都被他知道了。N老人便是那妇人的义父，那妇人名叫M，是N老人的朋友的亲生女，M有一个男人，是入赘的，现在乡下的中学校里做先生，所以不住在家里的。

那妇人天天梳洗的时候，总把上身的衣服脱得精光，把她的乳头胸口露出来。伊人起来洗面的时候每天总不得不受她的露体的诱惑，因此他的脑病更不得不一天重似一天起来。

有一天午后，伊人正在那里贪午睡，M一个人不声不响的走上扶梯钻到他的帐子里来。她一进帐子伊人就醒了。伊人对她笑了一笑，她也对伊人笑着并且轻轻的说：

"底下一个人都不在那里。"

伊人从盖在身上的毛毯里伸出了一只手来,她就靠住了伊人的手把身体横下来转进毛毯里去。

第二日她和她的父亲要伊人带上镰仓去洗海水澡。伊人因为不喜欢海水浴,所以就说:

"海水浴俗得很,我们还不如上箱根温泉去罢。"

过了两天,伊人和M及M的父亲,从东京出发到箱根去了。在宫下的奈良屋旅馆住下的第二天,M定要伊人和她上芦湖去,N老人因为家里丢不下,就在那一天的中饭后回东京去了。

吃了中饭,送N老人上了车,伊人就同她上芦湖去。倒行的上山路缓缓的走不上一个钟头,她就不能走了。好容易到了芦湖,伊人和她又投到纪国屋旅馆去住了。换了衣服,洗了汗水,吃了两杯冰淇淋,觉得元气恢复起来,闭了纸窗,她又同伊人睡下了。

过了一点多钟太阳沉西的时候,伊人又和她去洗澡去。吃了夜饭,坐了二三十分钟,楼上还很热闹的时候,M就把电灯熄了。

第二天天气热得很,伊人和她又在芦湖住了一天,第三天的午后,他们才回到东京来。

伊人和M,回到本乡的家里的门口的时候,N老人就迎出来说:

"M儿!W君从病院里出来了!"

"啊!这……病好了么,完全好了么!"

M的面上露出了一种非常欢喜的样子来,伊人以为W是她的亲戚,所以也不惊异,走上家里去之后,他看见在她的房里坐着一个

三十来岁的男子。这男子的身体雄伟得很,脸上带着一脸酒肉气,见伊人进来,就和伊人叙起礼来。N 老人就对伊人说:

"这一位就是 W 君,在我们家里住了两年了。今年已经在文科大学卒业。你的名氏他也知道的,因为他学的是汉文,所以在杂志上他已经读过你的诗的。"

M 一面对 W 说话,一面就把衣服脱下来,拿了一块手巾把身上的汗揩了,揩完之后,把手巾递给伊人说:

"你也揩一揩罢!"

伊人觉得不好看,就勉强的把面上的汗揩了。伊人与 W 虽是初次见面,但总觉得不能与他合伴。不晓是什么理由,伊人总觉得 W 是他的仇敌。说了几句闲话,伊人上楼去拿了手巾肥皂,就出去洗澡去了。洗了澡回来,伊人在门口听见 M 在那里说笑,好像是喜欢得了不得的样子。伊人进去之后,M 就对他说:

"今天晚上 W 先生请我们吃鸡,因为他病好了,今天是他出病院的纪念日。"

M 又说 W 因为害肾脏病,到病院去住了两个月,今天才出病院的。伊人含糊的答应了几句,就上楼去了。这一天的晚上,伊人又害了不眠症,开了眼睛,竟一睡也睡不着。到十二点钟的时候,他听见楼底下的 M 的房门轻轻儿的开了,一步一步的 M 的脚步声走上她的间壁的 W 的房里去。叽哩咕噜的讲了几句之后,M 特有的那一种呜呜的喘声出来了,伊人正好像被泼了一身冷水,他的心脏的鼓动也停止了，他的脑里的血液也凝住了。他的耳朵同大耳似的直竖了起来，楼下的一举一动他都好像看得出来的样子，W的肥胖的肉体，M的半开半闭的眼睛，散在枕上的她的头发，她的嘴唇和舌尖，她的那一种粉和汗的混和的香气，下体的颤动……他想到这里，已经不能耐了。愈想睡愈睡不着。楼下息息索索的声响，更不止的从楼板上传到他的耳膜上来。他又不敢作声，身体又不敢动一动。他胸中的苦闷和后悔的心思，一时同暴风似的起来，两条冰冷的眼泪从眼角上流到耳朵根前，从耳朵根前滴到枕上去了。

天将亮的时候M才幽脚幽手的回到她自己的房里去，伊人听了一忽，觉得楼底下的声音息了。翻来覆去的翻了几个身，才睡着了。睡不上一点多钟，他又醒了。下楼去洗面的时候，M和W都还睡在那里，只有N老人从院子对面的一间小屋里（原来老人是睡在这间小屋里的）走了下来，擦擦眼睛对伊人说：

"你早啊！"

伊人答应了一声，匆匆洗完了脸，就套上了皮鞋，跑出外面去。他的脑里正乱得同蜂巢一样，不晓得怎么才好。他乱的走了一阵，却走到了春日町的电车交换的十字路口了。不问清白，他跳上了一乘电车就乘在那里，糊糊涂涂的换了几次车，电车到了目黑的终点了。太阳已经高得很，在田塍路上穿来穿去的走了十几分钟，他觉得头上晒得痛起来，用手向头上一摸，才知道出来的时候，他不曾把帽子带来。向身上脚下一看，他自家也觉得好笑起来。身上只穿了一件白绸的寝衣，赤了脚穿了一双白皮的靴子。他觉得羞极了，要想回去，又不能回去，走来走去的走了一回，他就在一块树荫的草地上坐下了。把身边的钱包取出来一看，包里还有三张五元的钞票和二三元零钱在那里，幸喜银行的账簿也夹在钱包里面，翻开来一看，只有百二十元钱存在了。他静静的坐了一忽，想了一下，忽把一月前头住过的赤仓旅馆想了出来。他就站起来走，穿过了几条村路，寻到一间人力车夫的家里坐了一乘人力车，便一直的奔上赤仓旅馆去。在车上的幌帘里，他想想一月前头看了房子回来在电车上想的空想，不知不觉的就滴了两颗大眼泪下来。

"名誉，金钱，妇女，我如今有一点什么？什么也没有，什么也没有。我……我只有我这一个将死的身体。"

到了赤仓旅馆，旅馆里的听差的看了他的样子，都对他笑了起来：

"伊先生！你被强盗抢劫了么？"

伊人一句话也回答不出，就走上账桌去写了一张字条，对听差的说：

"你拿了这一张字条，上本乡××町×××号地的N家去把我的东西搬了来。"

伊人默默的上一间空房间里去坐了一忽，种种伤心的事情，都同春潮似的涌上心来。他愈想愈恨，差不多想自家寻死了，两条眼泪连连续续的滴下他的腮来。

过了两个钟头之后，听差的人回来说：

"伊先生你也未免太好事了。那一个女人说你欺负了她，如今就要想远遁了。她怎么也不肯把你的东西交给我搬来。她说还有要紧的事情和你亲说，要你自家去一次。一个三十来岁的同牛也似的男人说你太无礼了。因为他出言不逊，所以我同他闹了一场，那一只牛大概是她的男人罢？"

"她另外还说什么？"

"她说的话多得很呢！她说你太卑怯了，并不像一个男子汉！那是她看了你的字条的时候说的。"

"是这样的么，对不起得很，要你空跑了一次。"

一边这样的说，一边伊人就拿了两张钞票，塞在那听差的手里。听差的要出去的时候，伊人又叫他回来，要他去拿了几张信纸信封和笔砚来。笔砚信纸拿来了之后，伊人就写了一封长长的信给 M。

第三天的午前十时，横滨出发的春日丸轮船的二等舱板上，伊人呆呆的立在那里。他站在铁栏旁边，一瞬也不转的在那里看渐渐儿小下去的陆地。轮船出了东京湾，他还呆呆的立在那里，然而陆地早已看不明白了，因为船离开横滨港的时候，他的眼睛就模糊起来，他的眼睑毛上的同珍珠似的水球，还有几颗没有干着，所以他不能下舱去与别的客人接谈。

对面正屋里的挂钟敲了二下，伊人的枕上又滴了几滴眼泪下来，那一天午后的事情，箱根旅馆里的事情，从箱根回来那一天晚上的事情，他都记得清清楚楚，同昨天的事情一样。立在横滨港口春日丸船上的时候的懊恼又在他的胸里活了转来，那时候尝过的苦味他又不得不再尝一次。把头摇了一摇，翻了一转身，他就轻轻的说：

"O呀O，你是我的天使，你还该来救救我。"

伊人又把白天她在海边上唱的迷娘的歌想了出来：

"你这可怜的孩子吓，他们欺负了你了么？唉！"

"Was hat man dir, du armes Kind, getan？"

伊人流了一阵眼泪，心地渐渐儿的和平起来，对面正屋里的挂钟敲三点的时候，他已经嘶嘶的睡着了。

六、崖上

伊人醒来的时候已经是九点多了。窗外好像在那里下雨，檐漏的滴声传到被里睡着的伊人的耳朵里来。开了眼又睡了一刻钟的样子，他起来了。开门一看，一层蒙蒙的微雨，把房屋树林海岸遮得同水墨画一样。伊人洗完了脸，拿出一本乔其墨亚的小说来，靠了火钵读了几页，早膳来了。吃了早膳，停了三四十分钟，K和B来说闲话，伊人问他们今天有没有圣经班，他们说没有，圣经班只有礼拜二礼拜五的两天有的。伊人一心想和O见面，所以很愿意早一刻上C夫人的家里去，听了他们的话，他也觉得有些失望的地方，

B和K说到中饭的时候,各回自家的房里去了。

吃了中饭,伊人看了一篇乔其墨亚(George Moore)①的《往事记》(Memoirs of My Dead Life),那钟声又当当的响了起来。伊人就跑也似的走到C夫人的家里去。K和B也来了,两个女学生也来了,只有O不来,伊人胸中硗硗落落地总平静不下去。一分钟过去了,五分钟过去了,O终究没有来。赞美诗也唱了,祈祷也完了,大家都快散去了,伊人想问她们一声,然而终究不能开口。两个女学生临去的时候,K倒问她们说:

"O君怎么今天又不来?"

一个年轻一点的女学生回答说:

"她今天身上又有热了。"

伊人本来在那里作种种的空想的,一听了这话,就好像是被宣告了死刑的样子,他的身上的血管一时都觉得胀破了。他穿了鞋子,急急的跟了那两个女学生出来。等到无人看见的时候,他就追上去问那两个女学生说:

"对不起得很,O君是住在什么地方的,你们可以领我去看看她么?"

两个女学生尽在前头走路,不留心他是跟在她们后边的,被他这样的一问就好像惊了似的回转身来看他。

---

① 即乔治·摩尔(1852—1933),爱尔兰作家。

"啊！你怎么雨伞都没有带来，我们也是上 O 君那里去的，就请同去罢！"

两个女学生就拿了一把伞借给了他，她们两个就合用了一把向前走去。在如烟似雾的微雨里走了一二十分钟，他们三人就走到了一间新造的平房门口，门上挂着一块 O 的名牌，一扇小小的门，却与那一间小小的屋相称。三人开门进去之后，就有一个老婆子迎出来说：

"请进来！这样的下雨，你们还来看她，真真是对不起得很了。"

伊人跟了她们进去，先在客室里坐下，那老婆子捧出茶来的时候，指着伊人对两个女学生问说：

"这一位是……"

这样的说了，她就对伊人行起礼来。两个女学生也一边说一边在那里赔礼。

"这一位是东京来的。C 夫人的朋友，也是基督教徒。……"

伊人也说：

"我姓伊，初次见面，以后还请照顾照顾。……"

初见的礼完了，那老婆子就领伊人和两个女学生到 O 的卧室里去。O 的卧室就在客室的间壁，伊人进去一看，见 O 红着了脸，睡在红花的绉布被里，枕边上有一本书摊在那里。脚后摆着一个火钵，火钵边上有一个坐的蒲团，这大约是那老婆子坐的地方。火钵上的铁瓶里，有一瓶沸的开水，在那里发水蒸气，所以室内温暖得很。

伊人一进这卧房，就闻得一阵香水和粉的香气，这大约是处女的闺房特有的气息。老婆子领他们进去之后，把火钵移上前来，又从客室里拿了三个坐的蒲团来，请他们坐了。伊人进这病室之后，就感觉到一种悲哀的预感，好像有人在他的耳朵根前告诉说：

"可怜这一位年轻的女孩，已经没有希望了。你何苦又要来看她，使她多一层烦扰。"

一见了她那被体热蒸红的清瘦的脸儿，和她那柔和悲寂的微笑，伊人更觉得难受，他红了眼，好久不能说话，只听她们三人轻轻地在那里说：

"啊！这样的下雨，你们还来看我，真对不起得很呀。"（O的话）

"哪里的话，我们横竖在家也没有事的。"（第一个女学生）

"C夫人来过了么？"（第二个女学生）

"C夫人还没有来过，这一点小病又何必去惊动她，你们可以不必和她说的。"

"但是我们已经告诉她了。"

"伊先生听了我们的话，才知道你是不好。"

"啊！真对你们不起，这样的来看我，但是我怕明天就能起来的。"

伊人觉得O的视线，同他自家的一样，也在那里闪避。所以伊人只是俯了首，在那里听她们说闲话，后来那年纪最小的女学生对伊人说：

"伊先生！你回去的时候，可以去对C夫人说一声，说O君的病并不厉害。"

伊人诚诚恳恳的举起视线来对O看了一眼，就马上把头低下去说：

"虽然是小病，但是也要保养……"

说到这里，他觉得说不下去了。

三人坐了一忽，说了许多闲话，就站起来走。

"请你保重些！"

"保养保养！"

"小心些……！"

"多谢多谢，对你们不起！"

伊人临走的时候，又深深的对O看了一眼，O的一双眼睛，也在他的面上迟疑了一回。他们三人就回来了。

礼拜日天晴了，天气和暖了许多。吃了早饭，伊人就与K和B，从太阳光里躺着的村路上走到北条市内的礼拜堂去做礼拜。雨后的乡村，满目都是清新的风景。一条沙泥和硅石结成的村路，被雨洗得干干净净在那里反射太阳的光线。道旁的枯树，以青苍的天体作为背景，挺着枝干，她像有一种新生的气力储蓄在那里的样子，大约发芽的时期也不远了。空地上的枯树投射下来的影子，同苍老的南画的粉本一样。伊人同K和B，说了几句话，看看近视眼的K，好像有不喜欢的样子形容在面上，所以他就也不再说下去了。

到了礼拜堂里，一位三十来岁的，身材短小，脸上有一簇络腮短胡子的牧师迎了出来。这牧师和伊人是初次见面，谈了几句话之后，伊人就觉得他也是一个沉静无言的好人。牧师也是近视眼，也戴着一双钢丝边的眼镜，说话的时候，语音是非常沉郁的。唱诗说教完了之后，是自由说教的时刻了。近视眼的K，就跳上坛上去说：

"我们东洋人不行不行。我们东洋人的信仰全是假的，有几个人大约因为想学几句外国话，或想与女教友交际交际才去信教的。所以我们东洋人是不行的。我们若要信教，要同原始基督教徒一样的去信才好。也不必讲外国话，也不必同女教友交际的。"

伊人觉得立时红起脸来，K的这几句话，分明是在那里攻击他的。第一何以不说"日本人"要说"东洋人"？在座的人除了伊人之外还有谁不是日本人呢？讲外国话，与女教友交际，这是伊人的近事。K的演说完了之后，大家起来祈祷，祈祷毕，礼拜就完了。伊人心里只是不解，何以K要反对他到这一个地步。来做礼拜的人，除了C夫人和那两个女学生之外，都是些北条市内的住民，所以K的演说也许大家是不能理会的，伊人想到了这里，心里就得了几分安易。众人还没有散去之先，伊人就拉了B的手，匆匆的走出教会来了。走尽了北条的热闹的街道，在车站前面要向东折的时候，伊人对B说：

"B君，我要问你几句话，我们一直的去，穿过了车站，走上海岸去罢。"

沉 沦

穿过了车站走到海边的时候，伊人问说：

"B君，刚才K君讲的话，你可知道是指谁说的？"

"那是指你说的。"

"K何以要这样的攻击我呢？"

"你要晓得K的心里是在那里想O的。你前天同她上馆山去，昨天上她家去看她的事情，都被他知道了。他还在C夫人的面前说你呢！"

伊人听了这话，默默的不语，但是他面上的一种难过的样子，却是在那里说明他的心理的状态。他走了一段，又问B说：

"你对这事情的意见如何，你说我不应该同O君交际的么？"

"这话我也难说，但是依我的良心而说，我是对K君表同情的。"

伊人和B又默默的走了一段，伊人自家对自家说：

"唉！我又来作卢亭（Roudine）[①]了。"

日光射在海岸上，沙中的硅石同金刚石似的放了几点白光。一层蓝色透明的海水的细浪，就打在他们的脚下。伊人俯了首走了一段，仰起来看看苍空，觉得一种悲凉孤冷的情怀，充满了他的胸里，他读过的卢骚著的《孤独者之散步》里边的情味，同潮也似的涌到他的脑里来，他对B说：

"快十二点钟了，我们快一点回去罢。"

[①] 即罗亭，屠格涅夫小说《罗亭》的主人公，是俄国文学中典型的"多余人"形象。

七、南行

礼拜天的晚上,北条市内的教会里,又有祈祷会,祈祷毕后,牧师请伊人上坛去说话。伊人拣了一句《山上垂诫》里边的话作他的演题:

"Blessed are the poor in spirit; for theirs is the Kingdom of Heaven."(*Matthew* 5.3)

"'心贫者福矣,天国为其国也。'

"说到这一个'心'字,英文译作 Spirit,德文译作 Geist,法文是 Esprit,大约总是作'精神'讲的。精神上受苦的人是有福的,因为耶稣所受的苦,也是精神上的苦。说到这'贫'字,我想是有二种意思,第一就是我们平常所说的贫苦的'贫',就是由物质上的苦而及于精神上的意思。第二就是孤苦的意思,这完全是精神上的苦处。依我看来。耶稣的说话里,这两种意思都是包含在内的。托尔斯泰说,山上的说教,就是耶稣教的中心要点。耶稣教义,是不外乎山上的垂诫,后世的各神学家的争论,都是牵强附会,离开正道的邪说,那些枝枝叶叶,都是掩藏耶稣的真意的议论,并不是显彰耶稣的道理的烛炬。我看托尔斯泰信仰论里的这几句话是很有价值的。耶稣教义,其实已经是被耶稣在山上说尽了。若说耶稣教义尽于山上的说教,那么我敢说山上的说教尽于这'心贫者福矣'

的一句话。因为'心贫者福矣'是山上说教的大纲,耶稣默默的走上山去,心里在那里想的,就是一句可以总括他的意思的话。他看看群众都跟了他来,在山上坐下之后,开口就把他所想说的话纲领说了:

"'心贫者福矣,天国为其国也。'

"底下的一篇说教,就是这一个纲领的说明演绎。马太福音,想是诸君都研究过的,所以底下我也不要说下去。我现在想把我对于这一句纲领的话,究竟有什么感想,这一句话的证明,究竟在什么地方能寻得出来的话,说给诸君听听,可以供诸君作一个参考。我们的精神上的苦处,有一部分是从物质上的不满足而来的。比如游俄(Hugo)的《哀史》(*Les Miserables*)里的主人公详乏儿详(Jean Valjean)[①]的偷盗,是由于物质上的贫苦而来的行动,后来他受的苦闷,就成了精神上的苦恼了。更有一部分经济学者,从唯物论上立脚,想把一切厌世的思想的原因,都归到物质上的不满足的身上去。他们说要是萧本浩(Schopenhauer)[②],若有一个理想的情人,他的哲学《意志与表象的世界》(*Die Welt als Wille und Vorstellung*)就没有了。这未免是极端之论,但是也有半面真理在那里。所以物质上的不满足,可以酿成精神上的愁苦的。耶稣的话,'心贫者福矣',就是

---

① 即法国作家维克多·雨果的小说《悲惨世界》中的主人公冉·阿让。

② 即叔本华。

教我们应该耐贫苦,不要去贪物质上的满足。基督教的一个大长处,就是教人尊重清贫,不要去贪受世上的富贵。圣经上有一处说,有钱的人非要把钱丢了,不能进天国,因为天国的门是非常窄的。亚西其的圣人弗兰西斯(St. Francis of Assisi),就是一个尊贫轻富的榜样。他丢弃了父祖的家财,甘与清贫去作伴,依他自家说来,是与穷苦结了婚,这一件事有何等的毅力!在法庭上脱下衣服还他父亲的时候,谁能不被他感动!这是由物质上的贫苦而酿成精神上的贫苦的说话。耶稣教我们轻富尊贫,就是想救我们精神上的这一层苦楚。由此看来,耶稣教毕竟是贫苦人的宗教,所以耶稣教与目下的暴富者,无良心的有权力者不能两立的。我们现在更要讲到纯粹的精神上的贫苦上去。纯粹的精神上的贫苦的人,就是下文所说的有悲哀的人,心肠慈善的人,对正义如饥如渴的人,以及爱和平,施恩惠,为正义的缘故受逼迫的人。这些人在我们东洋就是所谓有德的人,古人说'德不孤,必有邻',现在却是反对的了。为和平的缘故,劝人息战的人,反而要去坐监牢去。为正义的缘故,替劳动者抱不平的人,反而要去作囚人服苦役去。对于国家的无理的法律制度反抗的人,要被火来烧杀。我们读欧洲史读到清教徒的被虐杀,路得的被当时德国君主迫害的时候,谁能不发起怒来。这些甘受社会的虐待,愿意为民众作牺牲的人,都是精神上觉得贫苦的人吓!所以耶稣说:'心贫者福矣,天国为其国也。'最后还有一种精神上贫苦的人,就是有纯洁的心的人。这一种人抱了纯洁的精神,想来爱人爱物,但是因为社会的因习,国民的惯俗,国际的偏见的缘故,就不能完全作成耶稣的爱,在这一种人的精神上,不得不感受一种无穷的贫苦。另外还有一种人,与纯洁的心的主人相类的,就是肉体上有了疾病,虽然知道神的意思是如何,耶稣的爱是如何,然而总不能去做的一种人。这一种人在精神上是最苦,在世界上亦是最多。凡对现在的唯物的浮薄的世界不能满足,而对将来的欢喜的世界的希望不能达到的一种世纪末(Fin de siecle)的病弱的理想家,都可算是这一类的精神上贫苦的人。他们在堕落的现世虽然不能得一点同情与安慰,然而将来的极乐国定是属于他们的。"

伊人在北条市的那个小教会的坛上,在同淡水似的煤气灯光的底下说这些话的时候,他那一双水汪汪的眼光尽在一处凝视,我们若跟了他的视线看去,就能看出一张苍白的长圆的脸儿来。这就是O呀!

O昨天睡了一天,今天又睡了大半日,到午后三点钟的时候,才从被里起来,看看热度不高,她的母亲也由她去了。O起床洗了手脸,正想出去散步的时候,她的朋友那两个女学生来了。

"请进来,我正想出去看你们呢!"(O的话)

"你病好了么?"(第一个女学生)

"起来也不要紧的么?"(第二个女学生)

"这样恼人的好天气,谁愿意睡着不起来呀!"

"晚上能出去么?"

"听说伊先生今晚在教会里说教。"

"你们从哪里得来的消息？"

"是C夫人说的。"

"刚才唱赞美诗的时候说的。"

"我应该早一点起来，也到C夫人家去唱赞美诗的。"

在O的家里有了这会话之后，过了三个钟头，三个女学生就在北条市的小教会里听伊人的演讲了。

伊人平平稳稳的说完了之后，听了几声鼓掌的声音，就从讲坛上走了下来。听的人都站了起来，有几个人来同伊人握手攀谈，伊人心里虽然非常想跑上O的身边去问她的病状，然而看见有几个青年来和他说话，不得已只能在火炉旁边坐下了。说了十五分钟闲话，听讲的人都去了，女学生也去了，O也去了，只有K与B，和牧师还在那里。看看伊人和几个青年说完了话之后，B就光着了两只眼睛，问伊人说：

"你说的轻富尊贫，是与现在的经济社会不合的，若说个个人都不讲究致富的方法，国家不就要贫弱了么？我们还要读什么书，商人还要做什么买卖？你所讲的与你们捣乱的中国，或者相合也未可知，与日本帝国的国体完全是反对的。什么社会主义呀，无政府主义呀，那些东西是我所最恨的。你讲的简直是煽动无政府主义、社会主义的话，我是大反对的。"

K也擎了两手叫着说：

沉沦

"Es, es, alright, alright, Mista B, yare, yare！"

（不错不错，赞成赞成，B君讲下去讲下去！）

和伊人谈话的几个青年里边的一个年轻的人忽站了起来对B说：

"你这位先生大约总是一位资本家里的食客。我们工人劳动者的受苦，全是因为了你们资本家的缘故吓！资本家就是因为有了几个臭钱，便那样的作威作福的凶恶起来，要是大家没有钱，倒不是好么？"

"你这黄口的小孩，晓得什么东西！"

"放你的屁！你在有钱的大老官那里拍拍马屁，倒要骂起人来！……"

B和那个青年差不多要打起来了，伊人独自一个就悄悄的走到外面来。北条街上的商家，都已经睡了，一条静寂的长街上，洒满了寒冷的月光，从北面吹来的凉风，夹了沙石，打到伊人的面上来。伊人打了几个冷噤，默默的走回家去。走到北条火车站前，折向东去的时候，对面忽来了几个微醉的劳动者，幽幽的唱着了乡下的小曲儿过去了。劳动者和伊人的距离渐渐儿的远起来，他们的歌声也渐渐儿幽了下去，在这春寒料峭的月下，在这深夜静寂的海岸渔村的市上，那尾声微颤的劳动者的歌音，真是哀婉可怜。伊人一边默默的走去，俯首看着他在树影里出没的影子，一边听着那劳动者的凄切的悲凉的俗曲的歌声，忽然觉得鼻子里酸了起来，O对他讲的一句话，他又想出来了：

南　迁

"你确是一个生的闷脱列斯脱^①！"

伊人到家的时候，已经是十一点钟光景，房里火钵内的炭火早已消去了。午后五点钟的时候从海上吹来的一阵北风，把内房州一带的空气吹得冰冷，他写好了日记，正在改读的时候，忽然打了两个喷嚏。衣服也不换，他就和衣的睡了。

第二天醒来的时候，伊人觉得头痛得非常，鼻孔里吹出来的两条火热的鼻息，难受得很。房主人的女儿拿火来的时候，他问她要了一壶开水，他的喉音也变了。

"伊先生，你感冒了风寒了。身上热不热？"

伊人把检温计放到腋下去一测，体热高到了三十八度六分。他讲话也不愿意讲，只是沉沉的睡在那里。房主人来看了他两次。午后三点半钟的时候，C夫人也来看他的病了，他对她道一声谢，就不再说话了。晚上C夫人拿药来给他的时候，他听C夫人说：

"O也伤了风，体热高得很，大家正在那里替她忧愁。"

礼拜二的早晨，就是伊人伤风后的第二天，他觉得更加难受，看看体热已经增加到三十九度二分了，C夫人替他去叫了医生来一看，医生果然说：

"怕要变成肺炎，还不如使他入病院的好。"

午后四点钟的时候在夕阳的残照里，有一乘寝台车，从北条的

---

① 英文音译：感伤主义者。

八幡海岸走上北条市的北条病院去。

　　这一天的晚上，北条病院的楼上朝南的二号室里，幽暗的电灯光的底下，坐着了一个五十岁前后的秃头的西洋人和C夫人在那里幽幽的谈议，病室里的空气紧迫得很。铁床上白色的被褥里，有一个清瘦的青年睡在那里。若把他那瘦骨棱棱的脸上的两点被体热蒸烧出来的红影和口头的同微虫似的气息拿去了，我们定不能辨别他究竟是一个蜡人呢或是真正的肉体。这青年便是伊人。

一九二一年七月二十七日

南　迁

附：迷娘的歌

[德]歌德　著

郁达夫　译

那柠檬正开的南乡，你可知道？

金黄的橙子，在绿叶的阴中光耀，

柔软的微风，吹落自苍空昊昊，

长春松静，月桂枝高，

那多情的南国，你可知道？

我的亲爱的情人，你去也，我亦愿去南方，与你终老！

你可知道，那柱上的屋梁，那南方的楼阁？

金光灿烂的华堂，光彩耀人的幽屋。

大理白石的人儿，立在那边瞧我，

"可怜的女孩儿呀！你可是受了他人的欺辱？"

你可知道，那南方的楼阁？

我的恩人，你去也，我亦愿去南方，与你同宿！

沉 沦

你可知道,那云里的高山,山中的曲径?
山间的驴子在云雾的中间前进,
深渊里,有蛟龙的族类,在那里潜隐,
险峻的危岩,岩上的飞泉千仞,
你可知道那云里的高山,山中的曲径?
我的爹爹,我愿一路的与你驰骋!

胃　病

人到了中年，就有许多哀感生出来。中年人到了病里，又有许多悲苦，横空的堆上心来。我这几天来愁闷极了，中国的国事，糟得同乱麻一样，中国人的心里，都不能不抱一种哀想。前几天我的家里又来了一封信，我新娶的女人，为了一些儿细事，竟被我母亲逼出了家，逃到工场去作女工去了。像这样没有趣味的生涯，谁愿意再挨忍过去？数日前的痛饮，实有难诉的苦衷在那儿，我到现在才知道信陵君的用心苦了。

连接的痛饮了几场，胸中觉得渐渐儿隐痛起来。五月二十八日，吃过午膳之后，腹中忽然一阵一阵的发起剧痛来。到了午后三时，体热竟增到了四十一度。四年前发肠窒扶斯的时候，病症正同现在一样，我以为肠窒扶斯又发作了。肠窒扶斯的再发是死症，我觉得我的面同死神的面已经贴着了。死也没有什么可怕，只是我新娶的女人未免太苦一点儿。伊是我的一个牺牲（其实是过渡时代的一个牺牲），可怜伊空待了我二十三年，如今又不得不做寡妇了！我知道伊是一个旧思想家，我死之后，伊定不肯改嫁的，我死之后，教伊怎样过活呢？想到这里，我也觉得有些凄凉。

我也是一个梦想家，我也是一个可怜的悲喜剧者，我头朝着了天花板，脑里想出了许多可怜的光景来。遗言也写了；朋友对我的嘱别，我对朋友的苦语也讲了；我所有的旧书都一本一本的分送给我的朋友；我的英国朋友，到我床前来的时候，我就把 Max Beerbohm[①] 的 The Happy Hypocrite（《幸福的伪善者》），送给了他，我看他看了这书名，面上好像有些过不下去的样子，因为他是一个牧师；最后的一场光景，就是青会馆内替我设的一场追悼大会。我的许多朋友，虽然平日在那里说我的坏话，暗中在那里设法害我的人，到了这个时候，也装起一副愁苦的容貌来，说：

"某君是怎么好怎么好的一个人，他同我有怎么怎么的交情，待人怎么怎么的宽和，学问怎么怎么的深博……他正是一个大天才……"

啊啊，你这位先生，你平时能少骂我几句就好了！

想到这里我竟把我的病忘了，我反想起世情的浮薄来。唉！人心不古，我想到了最后的这一场光景，就不得不学贾长沙的放声长叹：

"世人呀世人！你们究竟是在那里做戏呢，还是怎么？"

午后四点钟的时候，热度有高无退，我心里也害怕起来，就托同客寓的同学 S 君和 W 君打电话到各处医院去问讯。各处医院都回

[①] 麦克斯·比尔博姆（1872—1956），英国著名作家、评论家。

答说：

"今天是礼拜六，不看病了。明天是礼拜日，也不看病的。"

S君和W君着了急，又问他们说：

"若患急病便怎么？难道你们竟坐视他病死不成？"

"那也没有法子的，病人若在今明两天之内危笃起来，只能由他死的。你可知道我们病院的规则同国家的法律一样，说礼拜六的午后和礼拜日不诊病，无论人要死要活，总是不诊病的，谁教他不择个日子生病呢？"

"……"

S君和W君想和他辩驳的时候，他却早把电话器挂上走了。

唉，这就是医生的声气！

无论病人要死要活，说到不诊病，总是不诊病的！

到了晚上，我的热才凉退下去，有几个学医的朋友，都来看我，我觉得感谢得很。病在客中，若没有朋友来和我谈谈，教我如何堪此寂寞哟！

晚上又睡不着，开了两眼，对了黄黄的电灯光，我想出了许多事迹来。听打了十二点钟，得才微微的入睡。

第二天早晨一早醒来，太阳的光线，已经射进我的房里来了。我的房间是在三层楼上的，所以一开眼，我就能知道天气的晴雨。春天也已经剩了不多几日了，像这样的佳日，我却不能出去游玩，天呀天呀，你待我何以这样的酷烈！

沉 沦

开了眼想了一会,我觉得终究不能好好的安睡,我就打定了主意,起到床外来了。开了北窗一望,一片晴天,同秋天的苍空一样,看得人喜欢起来。下楼去洗面的时候,我觉得头昏得很,好像是从棺材里刚才出来的样子,这大约是一天不食什么东西的缘故。

午前九点钟的时候,同学的Y君来邀我到郊外去散步,我很愿意和他同去,但是同寓的W君,却不许我去,我也只得罢了。他们出去了之后,我觉得冷寂得不堪,就跑上教会堂去,因为今天是礼拜日。

十二点钟我才回到客寓里来,饭也不吃,就拿出被窝来睡了。睡到了晚上,什么也不想吃,体热也不增加起来,我以为病已经好了。

这才是我这一次胃病的prologue(序曲)呀!

睡到了九点钟,我觉得有些饥饿起来,一边我想太不食烟火食,恐怕于身体有大损害;所以我就跑到中国菜馆里去吃馄饨去,因为我想猪肉是有益于身体的。

我的病因就在这里了!

五月三十日的早晨,天上也没有太阳出来,黄梅时节特有的一层灰色的湿云,竟把青天遮盖尽了。

我早晨起来,胸中就觉得有些难受,头痛隐隐的发作起来,走路的时候好像是头重脚轻的样子,我知道有些危险了。早饭的时候,我要了两瓶牛乳,虽然不想吃,然而因为身体亏损不起,所以就勉强吞了下去。

　　九点钟敲过了。我胸口里愈加觉得难受，就请同寓的 W 君同我到神田的 K 病院去诊病。在诊察室外等了两个钟头，主任医生 K 博士才来诊病。K 博士也不能确定说我是什么病，但是他说：

　　"你进病院来吧，今天午后恐怕体热要增高起来。"

　　我在那里诊病的时候，W 君却在那里做梦。

　　我们初进病院的时候，看见有一个十九岁的女子也在那里候诊。伊好像是知道 K 博士的身价似的，手里拿了一本《宝石的梦》，尽在那里贪读。我和 W 君一见了伊的分开的头发，发后的八字形的丽绷，不淡不浓的粉饰，水晶似的一双瞳神，就被伊迷住了。挂了号，写完了名姓，我们就老了面皮，挨到伊的身边去坐下来。W 君的那一双同狂犬似的眼光，尽管一阵一阵的向伊发射。等了一个钟头，我已经有些不耐烦了，因为 K 博士还没有来，我的胸口却一刻一刻的痛起来。我打算再等十五分钟，若是 K 博士还是不来，我就想走了。W 君向窗外一望，忽然嗤的笑了一声，就拼命的推我，教我向窗外望去。我听了 W 君的话，向窗外一望，只见对面的人家楼上，有一个廿一二岁的女子脱去了衣服，赤裸裸的坐在窗口梳妆。伊那肥胖的肉体上，射着了一层淡黄色的太阳光线，我知道一处灰色的湿云，被太阳穿破了。我看了一眼，也不得不笑起来，就对 W 君说：

　　"伊大约是在那里试日光浴。"

　　我们间壁的那一个贪《宝石的梦》的女子，也已经看见了，听了我这句话，就对我们笑起来。不多一会，看护妇就叫我进去，我就去受诊了。

过了一个钟头，我出了诊察室，回到W君处来的时候，看见W君的面色，有些红热的样子。我对他说：

"我不得不进病院了！"

W君支吾了几句，却很有些不安的表情。我正在那里惊异的时候，那一个《宝石的梦》的女子，就走了过来对W君弯了一弯腰，走下楼去了，因为胃肠病的诊察室是在楼上的。

六月的初一，我进病院的第三天，我的病势减退了。大小便的时候，我已经能站立起来，可是还不想吃什么东西。

和看护妇讲话，也觉没得趣得很，我就拿出 William Ernest Henley① 的诗集来读。亨利也是一个薄命的诗人，一八七三——一八七五年间，他的有名的诗集《在病院内》（*In Hospital*）著成之后，他找来找去连一个出版的书坊也找不着。好容易出版之后，又招了许多批评家的冷嘲热骂。唉，文人的悲剧，谁不曾演过。年轻的 Keats② 呀！多情的白衣郎 Byron 呀！可怜的 Chatterton 呀！Alexander Smith！ Kirke White！ Leopardi！你们的同云雀似的生命，都伤在那些文学政治家的手里的呀！

---

① 威廉·欧内斯特·亨利（1849—1903），英国诗人、文学评论家。
② 本段下文英文人名分别是济慈、拜伦、查特顿、亚历山大·史密斯、柯克·怀特、莱奥帕尔迪。

胃 病

我和亨利的第一次接触，是在高等学校时代。那时候我正在热心研究彭思（Burns）[①]的诗。我所有的彭思的诗集（*Poetical Works of Robert Burns*）就是这一位亨利先生印行的。我读了他的卷头的彭思评传，就知道他是一个有同情有识见的批评家。后来在旧书铺里买了他的诗集，开卷就是他那有名的《病院内杂感》。平时我也不是常去读它的，四年前患了肠窒扶斯，进病院住了一个多月，在病院的雪白的床上，重新把他的 *In Hospital* 翻开来一读，我才感得他的叙情叙景的切实。我一边翻开亨利的诗集来读，一边就把过去的种种事情想了出来。他的诗的第一首说：

入院的患者

清晨的雾露，还在石头铺砌的街上流荡着；

北方的夏天的空气凉冷得很；

看呀，那一天灰色的，清静的，旧的病院！

在这一个病院里"生"和"死"如亲友一般在那里做买卖！

在那冷寂宽阔的空间，在那荒凉的阴气里，

有一个小小的奇怪的孩儿（在那里走）——伊的容貌也好像是很老的人，也好像是很幼的人——

[①] 即罗伯特·彭斯（1759—1796），苏格兰诗人。

沉 沦

　　伊有只小小的手膊是用木片夹裹着悬挂在胸前,
　　伊在我的前头,走上候诊室里去。
　　我跛行在伊的后边,我的勇气已经消灭了。
　　那头发灰白的老兵的门房挥手教我进去,
　　我就爬了进去,但是我的勇气还没有回复;
　　一种悲凉的虚无的空气,
　　好像是在这些石头和铁的廊庑扶梯的中间流动着。
　　这冷酷的,荒凉无饰的,洁净的地方——一半儿是的
工场一半儿是的牢监。

　　我最爱他集里的《解放》和《亡灵》两首。《亡灵》里面有司梯文生(Robert Louis Stevenson)[①]的容貌形容在那里。

　　看了五六十分钟,我觉得疲倦起来,就睡着了。到了晚上,我才吃了一块面包和一瓶牛乳。W君又来看我,我和他谈了几分钟,他就去了。

　　初二的午前十一点钟的时候,W君红了脸跳进我的病室来看我。起初我和他讲话,他尽在那里看窗外的梧桐,后来我问他说:

　　"今天是第四天了,你往外来患者的诊察室里去寻过没有?"

[①] 即罗伯特·路易斯·史蒂文森(1850—1894),英国小说家,著有长篇小说《金银岛》《化身博士》等。

他尽是吞吞吐吐的在那里出神。连接的吸了几支香烟之后,他忽然对我说:

"我想自杀倒好!"

"为什么呢?"

"那一个女子真可以使人想死!"

"你又遇着了么?"

"今天不是第四天了么?我一早起来就跑上候诊室的外面去候着。不上一点多钟,伊果然来了。伊起初假装不看见我的样子。后来伊去挂了号出来的时候,我就挨上前去和伊行礼。伊那粉白的脸色立时红了起来。对我笑了一脸,伊就来同我坐着。我们讲了许多的话,伊把伊的家庭的细事,都对我讲了。后来伊又拿出一本书来看。我伸手出去要伊那一本书看的时候,伊把书收了,执意的不给我看,后来伊却好好儿的递给了我,你猜那一本是什么书?是《爱情和死》呀!你看伊多热烈。唉,真了不得,真了不得。我和伊讲了些文学上的话,伊好像是怕我们大学生学问深博的样子,却不愿意同我讲学问上的话。唉,那一种软和和的声音是讲不出来的!伊今天穿的衣服更美丽了。那一种香气,那一种香气。啊呀,我真在这里做梦呀!我们讲了两个钟头的话,却只同五分钟一样,要是有一位菩萨,能把我们在一块儿的时间延长延长,那我就死了也甘心的。我第一次见了伊之后,每日就坐立不安,老是好像丢弃了一件紧要的物件似的。在学校里听讲时,先生的声气不知怎么的会变成了伊那一种温软的喉音的。笔记上讲义一句也抄不成,却写了许多《宝石的梦》……《宝石的梦》……《宝石的梦》,画了许多圈圈。昨天晚上正想坐下来写一封长长儿的信,藏在身边,预备今天见伊的时候给伊的。可恶我的朋友来了,混了我半夜,我又好恨又好笑,昨天晚上,一晚没有睡。我想了许多空想想,到我的爱情成功的时候。伊散了伊那漆黑的头发,披了一件白绫的睡服,伏在我的怀里啼泣。我又想到我失败的时候,伊哭红了两眼对我说:

"'我虽然爱你,你却是一个将亡的国民!你去吧,不必再来嬲我了。'

"我想到这里就不得不痛哭起来。一晚不睡,我今天五点钟就起来了。我在那里等着的时候,我只怕伊不来。但我的预觉,却告诉我伊一定是来的,这就是 lover's presentiment① 呀!我见伊的时候,胸中突突的跳跃起来,呼吸也紧起来了。伊要去的时候,我问伊再来不来了?伊说:

"'这就是我们的最后的会见了。你也永远不要想起我来吧!'

"啊哟,我听了伊这一句话,真想哭出来了。伊出去之后,我就马上跟了出去,但是伊不知已经上哪里去了。我就马上赶上御茶之水的电车车站,买了票进去,在月台上寻了许多时候,又不见伊的影子。我跑出来又寻了三十分钟,终究寻伊不出来。我怕在这里

---

① 英文:情人间的灵犀。

做梦吧。"

我听了他这一篇 monologue①,也非常的替他伤感。可怜他也是一个伤心人,一个独思托叶斯克(Dostoyevsky)②的小说中的主人翁。我知道他这一次的 love afair③ 也是不能成功的。

但是我却不得不大他的胆,不得不作他的后援。我问他说:

"你知道伊现在上不上什么学校去?"

"不错不错,伊说伊现在在一桥的音乐学校里学声乐。"

"那就对了,你且下一些死功夫,天天跑上那学校近边等伊吧,等伊一个礼拜,总有遇着伊的机会。"

"但是难得很。啊!伊最后的那一句话,伊最后的那一句话!"

说到这里,W君的眼睛有些红起来了。我怕他感情骤变,要放声哭出来,所以就教看护妇煮起红茶来吃。到了十二点钟的时候,我请他吃饭,他说:

"我哪里能吃得下去,我胸前也是同你一样,觉得饱满得很。"

我看他真的好像要自杀的样子。没头没脑的坐了一忽,他说要去,我怕他生出事来,执意的留他,他却挟了一个书包一直的跑出去了。我对看护妇说:

---

① 英文:长篇独白。
② 即陀思妥耶夫斯基。
③ 英文:爱情事件。

沉 沦

"C君，我的这一位同学，因为情事不成，怕要自杀，下次来的时候，请你和他谈谈，散散他的心。"

C看护妇本来是一个单纯的人，听了我的话，反而放声大笑起来。我觉得我的感情被伊伤害了，所以不得不发起怒来，这一天直到了晚上，我才同伊开口讲话。因为伊太唐突了，我为W君着实抱些不平。

六月初五，我的病差不多已经痊愈了，午前十二点钟，吃了三块面包，一瓶牛乳。吃完了中饭，我起床在病室里走了几步。正在走的时候我的预科的同学K君来了。K君本来住在日本极西的F地方学医的，因为性不近医，近来一步一步的走入文学的圈子里去了，他这一回来是为商量发行一种纯文艺杂志来的。我同他有六七年不见面了。他开进门来第一句就问：

"你还认得我么？"

"怎么会不认得，可是清瘦得多了。"

"你也老了许多，我们在预科的时候，你还是一个小孩子咧！"

"可不是么！"

K君没有来之先，我心里有许多话想和他说的，一见了面，却什么话也说不出来。我记得唐人的诗说：

"十年别泪知多少，不道相逢泪更多。"

久别重逢，我怕什么人都有这样的感慨。这一位K君也和我一样，受了专制结婚的害，现在正在十字架下受苦。我看看他那意气消沉的面貌，和他那古色苍然的衣帽，觉得一篇人生的悲剧，活泼泼地写在那里。社会呀！道德呀！资本家呀！我们少年人都被你们压死了。我的眼泪想滴下来，但是又怕被K君笑我无英雄的胆略，所以只能隐忍过去。因为怕挨忍不住，我所以话也不敢讲一句。过了十几分钟，我的感情平复起来，K君也好像有些镇静下来了，我们才谈起我们将来的希望目的来。K君新自上海来的，一讲到上海的新闻杂志界的情形，便摇头叹气的说：

"再不要提起！上海的文氓文丐，懂什么文学！近来什么小报，《礼拜六》《游戏世界》等等又大抬头起来，他们的滥调笔墨中都充溢着竹（麻雀牌）云烟（大烟）气。其他一些谈新文学的人，把文学团体来作工具，好和政治团体相接近，文坛上的生存竞争非常险恶，他们那党同伐异，倾轧嫉妒的卑劣心理，比从前的政客们还要厉害，简直是些hysteria①的患者！还有些讲哲学的人也是妙不可言。德文的字母也不认识的，竟在那里大声疾呼的什么Kant（康德），Nietzsche（尼采），übermensch（超人），etc（等）etc（等）。法文的"巴黎"两字也写不出来的先生，在那里批评什么柏格森的哲学，你仔细想想，著作者的原著还没有读过的人，究竟能不能下一笔批评的？"

"但是我国的鉴赏力，和这些文学的流氓和政治家，恐怕如鲍郎郭郎，正好相配。我们的杂志，若是立论太高，恐怕要成孤立。"

---

① 英文：歇斯底里。

沉 沦

"先驱者哪一个不是孤独的人？我们且尽我们的力量去做吧。"

K君刚自火车上跳下来的，昨晚一晚不睡，所以我劝他暂且休息一下。那一天晚上我们又讲了许多将来的话，我觉得我的病立刻地减轻了。

因为讲话讲得太多了，我觉得倦起来，K君也就在我病室前的一间日本式的房内睡了。我的看护妇C君和一个外来的看护妇，也是和他在一块儿。

第二天初六的早晨，我六点钟就起了床。

走来走去的走了几步，觉得爽快得很。洗面的时候，向镜台一照，我觉得我的血肉都消失尽了。眼窝上又加了一层黑圈，两边的颧骨愈加高起来，颧骨的底下，新生了两个黑孔出来。

"瘦极了！瘦极了！"

正在那里伤神的时候，K君走了出来。我们就又讲起种种文艺上的话来。

吃过了早膳，我们一同到病院近旁的俄国教堂尼哥拉衣堂去散步。登上钟楼的绝顶的时候，我对C君说：

"我们两人就在这里跳下去寻个情死吧。明天报上怕又要登载出来呢！"

尼哥拉衣堂的钟楼足有三百尺高，东京的全市，一望无余。浅草的"十二阶"看过去同小孩的玩物一样。西南的地平线，觉得同大海的海面接着的光景。守钟楼的人说：

胃 病

"今天因为天气不好,所以看不见海岸的帆樯。天气清朗的时候,东京湾里的船舶,一一可以数得出来。"

靖国神社的华表,也看得清清楚楚。街上的电车同小动物一样,不声不响的在那里行走。对面圣堂顶上的十字架,金光灿烂,光耀得很。管钟楼的人说:

"那金十字架高五尺广三尺七寸八分。钟八个一千二百贯。大的一个六百贯。扶梯九十五层,每层十七级。壁厚五尺。"

我看了一忽,想到覃侬节奥[①]的《死的胜利》(D'Annunzio's Triumph des Todes)的情景上去。所以对C看护妇说:

"我们就跳下去寻个情死吧!"

但C看护妇哪里能理解我的意思,所以我站在三百尺的钟楼上,又伤起我的孤独来了。

"我是一个孤独的人。一个人从母胎里生下来,仍复不得不一个人回到泥土里。我的旅途上的同伴,终竟是寻不着的了。"

我正呆呆的站在那里的时候,K君走过来对我说:

"平地上没有什么风,到高的地方来,风就刮得这么大,我们下去吧,你病人别受了凉。"

我回头来对K君一望,觉得他的面色是非常率真的样子。我觉得一种朋友的热情,忽然感染到我的心里来,我又想哭出来了。

---

① 即邓南遮。

下了钟楼,我想从尼哥拉衣堂的正门出去,K君又说:

"绕正门出去路远得很,你病人不应该走那么远的路,我们还是从后门出去的好。"

出了尼哥拉衣堂,我们就回病室去坐了一会。

C看护妇说:

"你们多年不见的老友千里来会,怎么不留一个纪念去拍一张照相?"

我也赞成了伊的意见,便和K君C看护妇同另外的一个外来的看护妇去拍了一张照相。那时候,已经是十二点钟了。吃过午膳后,K君定要回去,我留他不住。送K君出去之后,天空忽然阴黑起来。回到了病室里,我觉得冷静得很。C看护妇也说:

"K君走了之后,这一间病室里好像闯入了一块冰块来的样子。"

我呆呆的睡了一忽,总觉得孤冷得可怜。坐起来朝窗外一望,看见一层浓厚灰色的雨云,渐渐儿的飞近我的头上来。我坐了一忽,也觉得没趣,就把K君带来的一本英人喀本塔[①]著的《惠特曼访问记》(Edward Carpenter's *Days with Walt Whitman*)拿出来读了。千八百八十四年的记事将读完的时候,窗外萧萧索索地下起雨来。我对C看护妇说:

"C呀!外边下起雨来了,K君的火车不知到什么地方了?我

[①] 即爱德华·卡彭特。

胃　病

明天就想出病院去，不晓得 K 博士能不能准我退院？"

十年六月十四日脱稿

附记

　　这一篇东西，起初打算做成一篇病中随感录的，后来做做像起小说来了，所以就改成了一篇短篇小说。我进病院的时候，同学 W 君、S 君、M 君为我尽力不少。K 君自九州来和我在病院里住了两日。我这一篇东西就奉献了这四位同学，作了我这一次入院的纪念吧。

怀乡病者

一

当日光与夜阴接触的时候，在茫茫的荒野中间，头向着了混沌宽广的天空，一步一步的走去，既不知道他自家是什么，又不知道他应该做什么，也不知道他是向什么地方去的，只觉得他的两脚不得不一步一步的放出去——这就是于质夫目下的心理状态。

在半醒半睡的意识里，他只朦朦胧胧的知道世界从此就要黑暗下去了，这荒野的干燥的土地就要渐渐的变成带水的沼泽了，他的两脚的行动，就要一刻一刻的不自由起来了，但是他也没有改变方向的意思，还是头朝着了幽暗的天空，一步一步的走去——

质夫知道他若把精神振刷一下，放一声求救的呼声，或者也还可以从这目下的状态里逃出来，但是他既无这样的毅力，也无这样的心愿。

若仔细一点来讲一个譬喻，他的状态就是在一条面上好像静止的江水里浮着的一只小小的孤船。那孤船上也没有舵工，也没有风帆,尽是缓缓的随了江水面下的潮流在那里浮动的样子。

若再进一步来讲一句现在流行的话,他目下的心理状态,就同奥勃洛目夫①的麻木状态一样。

在这样的消沉状态中的于质夫朝着了窗,看看白云来往的残春的碧落,听听樱花小片,无风飞坠的微声,觉得眼面前起了一层纱障,他的膝上,忽而积了两点水滴。他站起来想伸出手去把书架上的书拿一本出来翻阅,却又停住了。好像在做梦似的呆呆地不知坐了多久,他却听得隔壁的挂钟,当当的响了五下。举起头来一看,他才知道他自家仍旧是呆呆的坐在他寄寓的这间小楼上。

且慢且慢,那挂钟的确是响了五下么?或者是不错的,因为太阳已经沉在西面植物园的树枝下了。

二

在一天清和首夏的晚上,那钱塘江上的小县城,同欧洲中世纪各封建诸侯的城堡一样,带着了银灰的白色,躺在流霜似的月华影里。涌了半弓明月,浮着万叠银波,不声不响,在浓淡相间的两岸山中,往东流去的,是东汉逸民垂钓的地方。披了一层薄雾,半含

---

① 即俄国作家冈察洛夫的长篇小说《奥勃洛摩夫》中的同名男主人公,奥勃洛摩夫也是典型的"多余人"形象,他心怀理想,却无法开始行动,终日懒散度日,最终一事无成。

半吐,好像华清池里试浴的宫人,在烟月中间浮动的,是宋季遗民痛哭的台榭。被这些前朝的遗迹包围住的这小县城的西北区里,有一对十四五岁的少年男女,沿了城河上石砌的长堤,慢慢的在柳荫底下闲步。大约已经是二更天气了,城里的人家都已沉在酣睡的中间,只有一座幽暗的古城,默默的好像在那里听他们俩的月下的痴谈。

那少年颊上浮起了两道红晕,呼吸里带着些薄酒的微醺,好像是在什么地方买了醉来的样子。女孩的腮边,虽则有一点桃红的血气,然而因为她那妩媚的长眉,和那高尖的鼻梁的缘故,终觉得有一层凄冷的阴影,投在她那同大理石似的脸上。他们两人默默无言地静了一会,就好像是水里的双鱼,慢慢的在清莹透彻的月光里游泳。

这是质夫少年梦里的生涯,计算起来已经是十年前的事情了。她后来嫁了他的一位同学,质夫四年前回国的时候,在一天清静的秋天的午后,于故乡的市上,只看见了她一次,只看见了她的一个怀孕的侧身。

三

阴历九月二十午前三点钟,东方未白的时候,质夫身体一边发抖,一边在一盏乌灰灰的洋灯光影里,从被窝里起来穿他那半新不旧的棉袍。院子里有几声息索息索的落叶声传来,大约是棵海棠树在那里凋谢了。他的寝室后的厨房里有一个旗人的厨子和厨子的侄儿——

便是他哥哥家里的车夫———一声两声在那里谈话。在这深夜的静寂里,他觉得他们的话声很大,但是他却听不出什么话来。质夫出到院子里来一看,觉得这北方故都里的残夜的月明,也带着些亡国的哀调。因为这幽暗的天空里悬着的那下弦的半月,光线好像在空中冻住了。他吃了一碗炒饭,拿了笔墨,轻轻的开了门,坐了哥哥的车走出胡同口儿的时候,觉得只有他一个人此刻还醒着,开了眼浮在王城的人海中间。在冷灰似的街灯里穿过了几条街巷,走上玉蛛桥的时候,忽有几声哀寂的喇叭声,同梦中醒来的小孩的哭声似的,传到他的两只冰冷的耳朵里来。他朝转头来看看西南角上那同一块冰似的月亮,又仰起头来,看看那发喇叭声的城墙里的灯光,觉得一味惨伤的情怀,同冰水似的泼满了他的全身。

与一群摇头摆尾的先生进了东华门,在太和殿外的石砌明堂里候点名的时候,质夫又仰起头来看了一眼将明未明的青天,不知是什么缘故,他心里好像受了千万委屈的样子,摇了一摇头,叹了一口气,忽然打了几个冷噤,质夫恨不得马上把手里提着的笔墨丢了,跑上外国去研究制造炸弹去。

这是数年前质夫在北京考留学生考试时候的景象。头场考完之后,新闻上忽报了一件奇事说:"留学生何必考呢?""这一次应该考取的人,在未考之先早由部里指定了,可怜那些外省来考的人,还在那里梦做洋翰林洋学士呢!"

这又是几年前头的一幕悲喜剧的回忆。

四

　　质夫在楼上，糊糊涂涂断定了隔壁的挂钟，确是敲过五点之后，就慢慢的走下楼来，因为他的寓舍里是定在五点开晚饭的。

　　红花的小碗里盛了半碗饭，他觉得好像要吃不完的样子，但是恰好一口气就吃下去了。吃完了这半碗饭，他也不想再添，所以就上楼去拿了一顶黄黑的软帽走出门外去。

　　门外是往植物园去的要路，顺了这一条路走下了斜坡，往右手一转便是植物园的正门。他走到植物园正门的一段路上，遇着了许多青年的男女，穿了花绿的衣裳，拖了柔白肥胖的脚，好像是游倦了似的，想趁着天还未黑的时候走回家去。这些青年男女的容貌不识究竟是美是丑？若他在半年前头遇着她们，是一定要看个仔细的，但是今天他却头也不愿意抬起来。他只记得路上有一个十七八岁的女学生，好像对她同伴说：

　　"我真不喜欢他！"

　　走来走去走了一阵，质夫觉得有些倦了。这岛国的首都的夜景，觉得也有些萧条起来了。仰起头来看看两面的街灯，都是不能进去休息的地方，他不得已就仍旧寻了最近的路走回寓舍来。走到植物园门口的时候，有一块用红绿色写成的招牌，忽然从一盏一百烛的电灯光里，射进了他的眼帘。拖了一双走倦了的脚，他就慢慢的走上了这家中国酒馆的楼。楼上一个客人也没有,叫定了一盘菜一壶酒,他就把两只手垫了头在桌上睡了几分钟。酒菜拿来之后,他仰起头来一看,才知道站在他面前的是一个十六七岁的中国女孩。一个圆形的面貌,眉目也还清秀。他问她是什么地方人,她说:

"娥是上海。"

她一边替质夫斟酒,一边好像在那里讲什么话的样子。质夫口里好像在那里应答她,但是心里脑里却全不觉得。她讲完了话不再讲的时候,质夫反而被这无言的沉默惊了一下,所以就随便问她说:

"你喝酒么?"

她含了微笑,对质夫点了一点头,质夫就把他手里的酒杯给了她。质夫一杯一杯的不知替她斟了几杯酒,她忽然把杯子向桌上一丢,跳进了他的怀里,用了两手紧紧的抱住了质夫的颈项,她那小嘴尽咬上他的脸来。

"娥热得厉害,热得厉害。娥想回自家屋里去。"

她一边这样的说,一边把她上下的衣裳在那里解。质夫呆呆的看了几分钟,忽觉得他的右颊与她的左颊的中间有一条冰冷的眼泪流下来了。到这时候他才知道她是醉了。他默默的替她把上下的衣裳扣好,把她安置在他坐的椅上之后,就走下楼来付账。走出这家菜馆的时候,他忽然想了一想:

"这女孩不晓究竟怎的。"

在沉浊的夜气中间走了几步,他就把她忘记了;菜馆他也忘记了，今天的散步，他也忘记了，他连自家的身体都忘记了。他一个人只在黑暗中向前的慢慢走去，时间与空间的观念，世界上一切的存在，在他的脑里是完全消失了。

一九二二年四月初二日午前五时作于东京之酒楼

春　潮

一

　　三月中旬一天的午后，和丽的阳光，同爱人的微笑似的，洒满在一处静僻的乡村里，这乡村的前面，流着清沧的钱塘江水，后面有无数的青山，纵横错落的排列在蓝苍的天空里。三五家茅檐泥壁的农家，夹了一条如发的官道，散点在山腰水畔。农家的前后四周，各有几弓空地围着，空地里的杂树，系桑柘之类，地上横着的矮小的树影，有二三尺长。大约已经是午后三点钟了，几声鸡叫的声音，破了静寂的空气，传到江水的边上来。一家农家，靠着江边的高岸。从这农家的门前，穿过一条在花坛里躺着的曲径，就是走下江水边上去的一条有阶段的斜路。这斜路的阶段，并非用石子砌成，不过在泥沙的高岸中，用了铁耙开辟出来的。走下了这泥路的十一二级的阶段，便是贴水的沙滩。沙滩上有许多乱石蚌壳，夹在黄沙青土的中间。日夕的细浪狂潮，把水边的沙石蚌壳，洗涤得明净可爱，一个个在那里反射七色的分光。

沉　沦

　　在这沙滩的乱石中间，拖着两个小小的影儿，有两个七八岁的小孩，在那里敲磨圆石子。几声鸡叫的声音，传到江水边上的时候，一个蹲近水边的小孩子，仰起头来向高岸上看了一眼，他的小小的头上养着一个罗汉圈。额下的两只眼睛，大得非常，从这两只大眼睛里放出来的黑晶晶的眼光，足可使我们大人惭愧俯首，因为他的这两只眼睛，并不知道社会是怎么的，人与人的纠葛是怎么的，人间的罪恶是怎么的。一个狮子鼻，横在他的红黑的两颊中间。上翻下跷的两条嘴唇的曲线，又添了他一层可爱的样子，一排细密的牙齿，微微的露现在嘴唇中间。他穿的是一件青花布衫。从远处看去他和他旁边蹲着的那女孩子，并无分别，身上穿的青花布衫，身材的长短，全是一样的。但是从他们的前面看来，罗汉圈和丫角不同，红黑的脸色和细白的肉色不同，他的扁圆的面形同她的长方的相貌不同。她虽则也有黑晶晶的两只大眼睛，但她那一副常在微笑的脸色却和他那威猛的面貌大有不同的地方。她比他早生一个月，但是她总叫他"三哥"的，他回头向高岸上一看，看见一只美丽的雄鸡，呆呆的立在桑树的阴影里，他就叫她说：

　　"秋英！你们的那只雄鸡立在那里。嫚母说，这是给我的，真的么！"

　　"不给你的，我们家里有六只鸡娘，要它生蛋哩！"

　　"你别太小气了，雄鸡又不会生蛋的，要它做什么？不如给了我的好，年底下就好杀倒来吃。"

春　潮

"你只想吃的，没有这雄鸡，鸡娘怎么生蛋呢？"

"你怎么会这样的小气，不肯给我就罢了，我们的谷也不粜给你们了。你把圆石子还我，不要你磨了。"

"给你……给你……给你……"

"不要不要。你快把圆石子还我！"

"…………"

他把秋英手里在那里替他磨的圆石子夺了去之后，秋英就伏在他那小小的手臂上哭了起来。他一声也不响，呆呆的把秋英的身体抱住了。秋英的一声一声的悲泣，与悲泣同时来的一次一次的身体的微颤，都好像是传到他自家的心里去了的样子。他掉了两颗眼泪，呆呆的立了一忽，看看秋英的气也过了，便柔柔和和的对她说：

"这几颗圆石子都给了你吧。"

一边这样的说，一边他那粗圆的小手，便捏了一把圆石子递给秋英。秋英还是哭得不已，用了右手揩着眼泪，伸了左手去接他交来的圆石子去。他因为秋英那只小手一时拿不起许多圆石子，所以就用了两手去帮她。秋英揩干了眼泪，向他的捧住的两手看了一眼，就对他笑了起来。太阳斜到西面去了。天空的颜色，又深了一层，变成了一种紫蓝色。清沧的钱塘江水，反映着阳光和天宇，起起深红的微波来，好像在那里笑他们两个似的。

沉 沦

二

　　秋英的父亲,本是一个读书人。当秋英三岁的时候,他染了急病死了。她的父亲在日,秋英的一家原是住在县城里的,有祖遗的许多市房出租,每月的租钱,足足可以支持一家中流人家的费用,所以秋英家里的收入,常被县城里的贫民所欣羡。她父亲死了之后,她的母亲因为秋英的外祖母孤冷不过,所以就带了秋英迁住到这离县十里的穷僻的乡村里来。秋英并无兄弟,所以她母亲非常疼爱她。她家里除了她和她母亲之外,还有一个忠心的老仆,是她祖父时候的佣人,今年已经六十一岁了。秋英和她的母亲搬到这乡下来的时候,她的外祖母还强健得很,去年的冬天,外祖母由伤风得了重症,竟也死去了。秋英虽则说是八岁,其实还未满七岁,因为她是六月二日生的。她的家便是江边高岸上的那一家农家。门朝着钱塘江,风景好得很。她的母亲最爱种花,所以她们的屋前屋后都编着竹篱,满种了些青红的花。她家里本来是小康度日的,自从搬到乡下来之后,更加觉得收入多开支少了,所以她家里颇有一点积蓄。

　　和秋英在江边游玩的那男孩,是山脚下陈国梁的三儿。陈家和秋英的外祖母家是一家人,所以诗礼——这就是那男孩的名字——和秋英也可算是远房的表姊弟。乡间的习俗每喜欢向富裕人家攀亲,陈国梁也不能脱离这种习气,所以老上秋英家里去说她外祖母长外祖母短的。诗礼的长兄二兄都是务农的,只有诗礼有些聪明的地方,因此诗礼三岁的时候,国梁特进县城去,请秋英的父亲替他起了一个风雅的名字,名叫诗礼。这是秋英的父亲死的前一个月。

诗礼和秋英又是同年,又是表姊弟。所以天晴的时候,他们两人老在江边沙滩上,高岸的草地上,或花园里游玩;天雨的时候,诗礼每跑到秋英的家里来,和秋英两个开店,画菩萨,做戏的。秋英的亲的表弟兄,都已长大,是以秋英反和诗礼相亲相爱,和自家的亲的表弟兄,却不时常在一处。

秋英的母亲,因为秋英没有同伴,所以诗礼上她们家里去玩的时候,也非常喜欢。有糕饼的时候,秋英的母亲每平分给他们,由他们两个坐在屋角的小椅上不声不响的分食。有一次秋英从她母亲处得了六个蛋糕,因为诗礼不来,所以秋英也不愿一个人吃。用了纸包好,藏在那里。后来诗礼来了,秋英把蛋糕拿了出来与诗礼两个拿到花底下去请菩萨,请了菩萨就分来吃,秋英还没有吃完一个的时候,诗礼却早把三个都吃完了,秋英把剩下的又分一个给他,他却不再吃了,红了脸就跑回家去。

三

烂熟的春光,带着了沉酣的和热,流露在钱塘江的绿波影里,江上两岸的杂树枝头,树下的泥沙地面,都罩着一层嫩绿的绒衣,有一种清新的香味蒸吐出来。四月初的午后的阳光，同疾风雷雨一般，洒遍在钱塘江岸村落的空中。澄明的空气里波动着的远远的蜂声，绝似诱人入睡的慈母的歌唱，这正是村人野老欲伸腰偷懒的时候，这也是青年男女为情舍命的时候。

吃了午饭，看看他的哥哥们都上田里去耕作去了，诗礼就一个人跑上秋英家来。在这似烟似梦的阳春景里，今日诗礼不晓为了什么原因，他的小小的眉间带着几分隐忧。一路上看看树头的青枝绿叶，听听远近的小鸟歌声，他的小小的胸怀，终觉得不能同平日一样的开畅起来。走到了秋英的家里，他看见秋英正在那里灌庭前园里的草花。帮秋英灌了一忽花，诗礼就叫秋英出来上后面山上去采红果儿去。从绿荫的底下穿绕了一条曲径，走到山腹的一块岩石边上的时候，诗礼回转头来，看见澄清如练的一条春水中间，映着一张同海鸥似的白色的风帆，呆看了一刻，他就叫秋英说：

"你看那张风帆，我不久也要乘了那么大的船上杭州去。"

"杭州？你一个人去么？"

"爸爸同我去的，他说我在家里没用，要送我上杭州纸行里学生意去。"

"你喜欢去么？"

"我很喜欢去，因为我听爸爸说，杭州比这里热闹得多。昨天晚上，我们正在那里讲杭州的时候，妈妈忽然哭了起来，爸爸同她闹了一场。我见妈妈一个人进房去睡，所以也跟了进去，她放下了洋灯，忽然把我紧紧的抱住，说：'你到外边去可要乖些，不要不听人的话。'我听了她的话，也觉得难过，所以就同她哭了一场。"

秋英听了这话，也觉得有些心酸，她的眼睛，便红了一圈，呆呆的对江心的风帆看了一忽，她就催诗礼回去，说：

"我们回到家里去吧，怕妈妈在那里等我。"

秋英听了诗礼的话，见了江心浮着的那载人离别的飞帆，就也想起她家里的母亲来了。

四

时间不声不响的转换了，原上的青草，渐渐儿郁茂起来，树木的枝叶也从淡淡的新绿变成了苍苍的深色。钱塘江的水量在杀信的时候，一直的减了下去。平时看不见的蛤蚌的躯壳，和贴近江底的玲珑的奇石，都显现出来。晴天一天一天的连续过去，梅雨过后的炎热，渐渐儿增加起来了。

五月将尽的一天早晨，诗礼同太阳同时起了床。他母亲用了细心替他洗了手脸，又将一件半新的竹布长衫替他穿上。他乘他父亲在那里含着了怒气问答的时候，就偷了空闲跑上秋英家里来。

诗礼的家住在后面山脚下，从他家里走上秋英的地方，足有五六分钟的路程，要走过一处草地，一条大路。走过草地的时候，诗礼见有几棵蒲公英，含着了珠露，黄黄的在清新的早晨空气里吐气。他把穿不惯的长衫拖了一把,便伏倒去把那几棵蒲公英连根的掘了起来。走到秋英家里的时候,他见秋英呆呆的立在竹篱边上,看花上的朝阳。他跑上秋英身边去叫了一声,秋英倒惊了一跳,含着微笑对他说:

"你今天起来得这样早?"

"你也早啊。"

"衣兜里捧着的是什么?"

"你猜!"

"花儿。"

"被你猜着了。"

诗礼就把他采来的蒲公英拿出来给她看,这原来是她最喜欢的花儿,所以秋英便跑近他的身来抢着说:

"我们去种它在园里吧。"

两人把花种好之后,诗礼又从他的袋里拿出了几颗圆洁滑润的石子来给她说:

"我要上杭州去,用不着这些圆石子了,你拿着玩吧。"

秋英对他呆看了一眼说:

"你几时上杭州去?你去了,我要圆石子做什么,和谁去赌输赢呢?"

诗礼把圆石子向地上一丢,也不再讲话,一直的跑回家去了。秋英呆呆的看他跑回去的影子渐渐儿的小了下去,她的眼睛忽而朦胧起来，诗礼刚讲的"我要上杭州去"的那句话同电光似的闪到她那小小的脑里的时候，她只觉得一种凄凉寂寞的感觉，同潮也似的压上她的心来。

呆呆的立了一会，她竟放大了声音，啼哭起来了。

一九二二年十一月二十五日 ①

---

① 此日期为本篇发表于《创造季刊》第一卷第三期的时间，连载未完，作者并未续写。

茑萝行

同居的人全出外去后的这沉寂的午后的空气中独坐着的我，表面上虽则同春天的海面似的平静，然而我胸中的寂寥，我脑里的愁思，什么人能够推想得出来？现在是三点三十分了。外面的马路上大约有和暖的阳光夹着了春风，在那里助长青年男女的游春的兴致；但我这房里的透明的空气，何以会这样的沉重呢？龙华附近的桃林草地上，大约有许多穿着时式花样的轻绸绣缎的恋爱者在那里对着苍空发愉乐的清歌；但我的这从玻璃窗里透过来的半角青天，何以总带着一副嘲弄我的形容呢？啊啊，在这样薄寒轻暖的时候，当这样有作有为的年纪，我的生命力，我的活动力，何以会同冰雪下的草芽一样，一些儿也生长不出来呢？啊啊，我的女人！我的不能爱而又不得不爱的女人！我终觉得对你不起！

计算起来你的列车大约已经驶过松江驿了，但你一个人抱了小孩在车窗里呆看陌上行人的景状，我好像在你旁边看守着的样子。可怜你一个弱女子，从来没有单独出过门，你此刻呆坐在车里，大约在那里回忆我们两人同居的时候，我虐待你的一件件的事情了吧！

　　　　　　　　　　　　　　　　　　　　　　　　茑萝行

　　啊啊,我的女人,我的不得不爱的女人,你不要在车中滴下眼泪来,我平时虽则常常虐待你,但我的心中却在哀怜你的,却在痛爱你的;不过我在社会上受来的种种苦楚,压迫,侮辱,若不向你发泄,教我更向谁去发泄呢!啊啊,我的最爱的女人,你若知道我这一层隐衷,你就该饶恕我了。

　　唉,今天是旧历的二月二十一日,今天正是清明节呀!大约各处的男女都出到郊外去踏青的,你在车窗里见了火车路线两旁郊野里在那里游行的夫妇,你能不怨我的么?你怨我也罢了,你倘能恨我怨我,怨得我望我速死,那就好了。但是办不到的,怎么也办不到的,你一边怨我,一边又必在原谅我的,啊啊,我一想到你这一种优美的灵心,教我如何能忍得过去呢!

　　细数从前,我同你结婚之后,共享的安乐日子,能有几日?我十七岁去国之后,一直的在无情的异国蛰住了八年。这八年中间就是暑假寒假也不回国来的原因,你知道么?我八年间不回国来的事实,就是我对旧式的,父母主张的婚约的反抗呀!这原不是你的错,也不是我的错,作孽者是你的父母和我的母亲。但我在这八年之中,不该默默的无所表示的。

　　后来看到了我们乡间的风习的牢不可破,离婚的事情的万不可能,又因你家父母的日日的催促,我的母亲的含泪的规劝,大前年的夏天,我才勉强应承了与你结婚。但当时我提出的种种苛刻的条件,想起来我在此刻还觉得心痛。我们也没有结婚的种种仪式,也

沉　沦

没有证婚的媒人，也没有请亲朋来喝酒，也没有点一对蜡烛，放几声花炮。你在将夜的时候，坐了一乘小轿从去城六十里的你的家乡到了县城里的我的家里，我的母亲陪你吃了一碗晚饭，你就一个人摸上楼上我的房里去睡了。那时候听说你正患疟疾，我到夜半拿了一支蜡烛上床来睡的时候，只见你穿了一件白纺绸的单衫，在暗黑中朝里床睡在那里。你听见了我上床来的声音，却朝转来默默的对我看了一眼。啊！那时候的你的憔悴的形容，你的水汪汪的两眼。神经常在那里颤动的你的小小的嘴唇，我就是到死也忘不了的。我现在想起来还要滴眼泪哩！

在穷乡僻壤生长的你，自幼也不曾进过学校，也不曾呼吸过通都大邑的空气，提了一双纤细缠小了的足，抱了一箱家塾里念过的《列女传》《女四书》等旧籍，到了我的家里。既不知女人的娇媚是如何装作，又不知时样的衣裳是如何剪裁，你只奉了柔顺两字，作了你的行动的规范。

结婚之后，因为城中天气暑热的缘故，你就同我同上你家去住了几天，总算过了几天安乐的日子；但无端又遇了你侄儿的暴行，淘了许多说不出来的闲气，滴了许多拭不干净的眼泪，我与你在你侄儿闹事的第二天就匆匆的回到了城里的家中。过了两三天我又害起病来，你也疟疾复发了。我就决定挨着病离开了我那空气沉浊的故乡。将行的前夜，你也不说什么，我也没有什么话好对你说。我从朋友家里喝醉了酒回来，睡在床上，只见你呆呆的坐在灰黄的灯下。可怜你一直到第二天的早晨我将要上船的时候止，终没有横到我床边上来睡一忽儿，也没有讲一句话；第二天天刚亮的时候，母亲就来催我起身，说轮船已到鹿山脚下了。

从此一别，又同你远隔了两年。你常常写信来说家里的老祖母在那里想念我，暑假寒假若有空闲，叫我回家来探望探望祖母母亲，但我因为异乡的花草，和年轻的朋友挽留我的缘故，终究没有回来。

唉唉！那两年中间的我的生活！红灯绿酒的沉湎，荒妄的邪游，不义的淫乐。在中宵酒醒的时候，在秋风凉冷的月下，我也曾想念及你，我也曾痛哭过几次。但灵魂丧失了的那一群妩媚的游女，和她们的娇艳动人的假笑佯啼，终究把我的天良迷住了。

前年秋天我虽回国了一次，但因为朋友邀我上 A 地去了，我又没有回到故乡来看你。在 A 地住了三个月，回到上海来过了旧历的除夕，我又回东京去了。直到了去年的暑假前，我提出了卒业论文，将我的放浪生活作了个结束，方才拖了许多饥不能食寒不能衣的破书旧籍回到了中国。一踏了上海的岸，生计问题就逼紧到我的眼前来，缚在我周围的运命的铁锁圈，就一天一天的扎紧起来了。

留学的时候，多谢我们孱弱无能的政府，和没有进步的同胞，像我这样的一个生则于世无补，死亦于人无损的零余者，也考得了一个官费生的资格。虽则每月所得不能敷用，是租了屋没有食，买了食没有衣的状态，但究竟每月还有几十块钱的出息，调度得好也能勉强免于死亡。并且又可进了病院向家里勒索几个医药费，拿了书店的发票向哥哥乞取几块买书钱。所以在繁华的新兴国的首都里，我却过了几年放纵的生活。如今一定的年限已经到了，学校里因为要收受后进的学生，再也不能容我在那绿树阴森的图书馆里，作白昼的痴梦了。并且我们国家的金库，也受了几个磁石心肠的将军和大官的吮吸，把供养我们一班不会作乱的割势者的能力丧失了。所以我在去年的六月就失了我的维持生命的根据，那时候我的每月的进款已经没有了。以年纪讲起来，像我这样二十六七的青年，正好到社会去奋斗，况且又在外国国立大学里卒业了的我，谁更有这样厚的面皮，再去向家中年老的母亲，或狷洁自爱的哥哥，乞求养生的资料。我去年暑假里一到上海流寓了一个多月没有回家来的原因，你知道了么？我现在索性对你讲明了吧，一则虽因为一天一天的挨过了几天，把回家的旅费用完了，其他我更有这一段不能回家的苦衷在的呀，你可能了解？

啊啊，去年六月在灯火繁华的上海市外，在车马喧嚷的黄浦江边，我一边念着 Housman 的 *A Shropshire Lad*① 里的

        Come you home a hero

        Or come not home at all,

---

① 英国诗人阿尔弗雷德·爱德华·豪斯曼（1859—1936）的诗集《什罗普郡一少年》。

> The lads you levave will mind you
>
> Till Ludlow tower shall fall.

几句清诗,一边呆呆的看着江中黝黑混浊的流水,曾经发了几多的叹声,滴了几多的眼泪。你若知道我那时候的绝望的情怀,我想你去年的那几封微有怨意的信也不至于发给我了。——啊,我想起了,你是不懂英文的,这几句诗我顺便替你译出吧。

> "汝当衣锦归,
>
> 否则永莫回,
>
> 令汝别后之儿童
>
> 望到拉德罗塔毁。"

　　平常责任心很重,并且在不必要的地方,反而非常隐忍持重的我,当留学的时候,也不曾著过一书,立过一说。天性胆怯,从小就害着自卑狂的我,在新闻杂志或稠人广众之中,从不敢自家吹一点小小的气焰。不在图书馆内,便在咖啡店里,山水怀中过活的我,当那些现代的青年当作科场看的群众运动起来的时候,绝不会去慷慨悲歌的演说一次,出点无意义的风头。赋性愚鲁,不善交游,不善钻营的我,平心讲起来,在生活竞争剧烈,到处有陷阱设伏的现在的中国社会里,当然是没有生存的资格的。去

沉 沦

年六月间,寻了几处职业失败之后,我心里想我自家若想逃出这恶浊的空气,想解决这生计困难的问题,最好唯有一死。但我若要自杀,我必须先弄几个钱来,痛饮饱吃一场,大醉之后,用了我的无用的武器,至少也要击杀一二个世间的人类——若他是比我富裕的时候,我就算替社会除了一个恶。若他是和我一样或比我更苦的时候,我就算解决了他的困难,救了他的灵魂——然后从容就死。我因为有这一种想头,所以去年夏天在睡不着的晚上,拖了沉重的脚,上黄浦江边去了好几次,仍复没有自杀。到了现在我可以老实的对你说了,我在那时候,我并不曾想到我死后的你将如何的生活过去。我的八十五岁的祖母,和六十来岁的母亲,在我死后又当如何的种种问题,当然更不在我的脑里了。你读到这里,或者要骂我没有责任心,丢下了你,自家一个去走干净的路。但我想这责任不应该推给我负的,第一我们的国家社会,不能用我去作他们的工,使我有了气力能卖钱来养活我自家和你,所以现代的社会,就应该负这责任。即使退一步讲,第二你的父母不能教育你,使你独立营生,便是你父母的坏处,所以你的父母也应该负这责任。第三我的母亲戚族,知道我没有养活你的能力,要苦苦的劝我结婚,他们也应该负这责任。这不过是现在我写到这里想出来的话,当时原是没有想到的。

　　上海的T书局和我有些关系,是你所知道的。你今天午后不是从这T书局编辑所出发的么?去年六月经理的T君看我可怜不过,却为我关说了几处,但那几处不是说我没有声望,就嫌我脾气太大,不善趋奉他们的旨意,不愿意用我。我当初把我身边的衣服金银器具一件一件的典当之后,在烈日蒸照,灰土很多的上海市街中,整日的空跑了半个多月,几个有职业的先辈,和在东京曾经受过我的照拂的朋友的地方,我都去访问了。他们有的时候,也约我上菜馆去吃一次饭;有的时候,知道我的意思便也陪我作了一副忧郁的形容,且为我筹了许多没有实效的计划。我于这样的晚上,不是往黄浦江边去徘徊,便是一个人跑上法国公园的草地上去呆坐。在那时候,我一个人看看天上悠久的星河,听听远远从那公园的跳舞室里飞过来的舞曲的琴音,老有放声痛哭的时候,幸亏在黄昏的时节,公园的四周没有人来往,所以我得尽情的哭泣;有时候哭得倦了,我也曾在那公园的草地上露宿过的。

阳历六月十八的晚上——是我忘不了的一晚——T君拿了一封A地的朋友寄来的信到我住的地方来。平常只有我去找他,没有他来找我的,T君一进我的门,我就知道一定有什么机会了。他在我用的一张破桌子前坐下之后,果然把信里的事情对我讲了。他说:

"A地仍复想请你去教书,你愿不愿意去?"

教书是有识无产阶级的最苦的职业,你和我已经住过半年,我的如何不愿意教书,教书的如何苦法,想是你所知道的,我在此处不必说了。况且A地的这学校里又有许多黑暗的地方,有几个想做校长的野心家,又是忌刻心很重的,像这样的地方的教席,我也不得不承认下去的当时的苦况,大约是你所意想不到的,因为我那时候同在伦敦的屋顶下挨饿的 Chatterton① 一样,一边虽在那里吃苦,一边我写回来的家信上还写得娓娓有致,说什么地方也在请我,什么地方也在聘我哩!

啊啊!同是血肉造成的我,我原是有虚荣心,有自尊心的呀!请你不要骂我作墦间乞食的齐人吧!唉,时运不济,你就是骂我,我也甘心受骂的。

我们结婚后,你给我的一个钻石戒指,我在东京的时候,替你押卖了,这是你当时已经知道的。我当 T 君将 A 地某校的聘书交给我的时候,身边值钱的衣服器具已经典当尽了。在东京学校的图书馆里,我记得读过一个德国薄命诗人 Grabbe② 的传记。一贫如洗的他想上京去求职业去,同我一样贫穷的他的老母将一副祖传的银的食器交给了他,作他的求职的资斧。他到了孤冷的首都里,今日吃一个银匙,明日吃一把银刀,不上几日,就把他那副祖传的食器吃完了。我记得 Heine③ 还嘲笑过他的。去年六月的我的穷状,可是比 Grabbe 更甚了;最后的一点值钱的物事,就是我在东京买来,预备送你的一个天赏堂制的银的装照相的架子,我在穷急的时候,早曾

---

① 托马斯·查特顿(1752—1770),英国诗人。
② 克里斯蒂安·迪特里希·格拉伯(1801—1836),德国剧作家。
③ 即德国诗人海涅。

打算把它去换几个钱用，但一次一次的难关都被我打破，我决心把这一点微物，总要安安全全的送到你的手里；殊不知到了最后，我接到了 A 地某校的聘书之后，仍不得不把它去押在当铺里，换成了几个旅费，走回家来探望年老的祖母母亲，探望怯弱可怜同绵羊一样的你。

去年六月，我于一天晴朗的午后，从杭州坐了小汽船，在风景如画的钱塘江中跑回家来。过了灵桥里山等绿树连天的山峡，将近故乡县城的时候，我心里同时感着了一种可喜可怕的感觉。立在船舷上，呆呆的凝望着春江第一楼前后的山景，我口里虽在微吟"近乡情更怯，不敢问来人"的二句唐诗，我的心里却在这样的默祷：

……天帝有灵，当使埠头一个我的认识的人也不在！要不使他们知道才好，要不使他们知道我今天沦落了回来才好……

船一靠岸，我左右手里提了两只皮箧，在晴日的底下从乱杂的人丛中伏倒了头，同逃也似的走回家来。我一进门看见母亲还在偏间的膳室里喝酒。我想张起喉音来亲亲热热的叫一声母亲的，但一见了亲人，我就把回国以来受的社会的侮辱想了出来，所以我的咽喉便梗住了；我只能把两只皮箧向凳上一抛，马上就匆匆的跑上楼上的你的房里来，好把我的没有丈夫气，到了伤心的时候就要流泪的坏习惯藏藏躲躲；谁知一进你的房，你却流了一脸的汗和眼泪，坐在床前呜咽地暗在啜泣。我动也不动的呆看了一忽，方提起了干燥的喉音，幽幽的问你为什么要哭。你听了我这句问话反哭得更加厉害，暗泣中间却带起几声压不下去的唏嘘声来了。我又问你究竟为什么，你只是摇头不说。本来是伤心的我，又被你这样的引诱了一番，我就不得不抱了你的头同你对哭起来。喝不上一碗热茶的工夫，楼下的母亲就大骂着说：

"……什么的公主娘娘，我说着这几句话，就要上楼去摆架子。……轮船埠头谁对你这小畜生讲了，在上海逛了一个多月，走将家来，一声也不叫，狠命的把皮箧在我面前一丢……这算是什么行为！……你便是封了王回来，也没有这样的行为的呀！……两夫妻暗地里通通信，商量商量，……你们好来谋杀我的……"

我听见了母亲的骂声，反而止住不哭了。听到"封了王回来"的这一句话，我觉得全身的血流都倒注了上来。在炎热的那盛暑的时候，我却同在寒冬的夜半似的手脚都发了抖。啊啊，那时候若没有你把我止住，我怕已经冒了大不孝的罪名，要永久的和我那年老的母亲诀别了。若那时候我和我母亲吵闹一场，那今年的祖母的死，我也是送不着的，我为了这事，也不得不重重的感谢你的呀！

那一天我的忽而从上海的回来，原是你也不知道，母亲也不知道的。后来母亲的气平了下去，你我的悲感也过去了的时候，我才知道我没有到家之先，母亲因为我久住上海不回家来的原因，在那里发脾气骂你。啊啊，你为了我的缘故，害骂害说的事情大约总也不止这一次了。也难怪你当我告诉你说我将于几日内动身到 A 地去的时候，哀哀的哭得不住的。你那柔顺的性质，是你一生吃苦的根源。同我的对于社会的虐待，丝毫没有反抗能力的性质，却是一样。啊啊！反抗反抗，我对于社会何尝不晓得反抗，你对于加到你身上来的虐待也何尝不晓得反抗，但是怯弱的我们，没有能力的我们，教我们从何处反抗起呢？

到了痛定之后，我看看你的形容，比前年患疟疾的时候更消瘦了。到了晚上，我捏到你的下腿，竟没有那一段肥突的脚肚，从脚后跟起，到脚弯膝止，完全是一条直线。啊啊！我知道了，我知道白天我对你说我要上A地去的时候你就流眼泪的原因了。

我已经决定带你同往A地，将催A地的学校里速汇二百元旅费来的快信寄出之后，你我还不敢将这计划告诉母亲，怕母亲不赞成我们。到了旅费汇到的那天晚上，你还是疑惑不决的说：

"万一外边去不能支持，仍要回家来的时候，如何是好呢！"

可怜你那被威权压服了的神经，竟好像是希腊的巫女，能预知今天的劫运似的。唉，我早知道有今天的一段悲剧，我当时就不该带你出来了。

我去年暑假郁郁的在家里和你住了几天，竟不料就会种下一个烦恼的种子的。等我们同到了A地将房屋什器安顿好的时候，你的身体已经不是平常的身体了。吃几口饭就要呕吐。每天只是懒懒的在床上躺着。头一个月我因为不知底细，曾经骂过你几次，到了三四个月上，你的身体一天一天的重起来，我的神经受了种种激刺，也一天一天的粗暴起来了。

　　第一因为学校里的课程干燥无味,我天天去上课就同上刑具被拷问一样,胸中只感着一种压迫。

　　第二因为我在杂志上发表了一篇旧作的文字,淘了许多无聊的闲气。更有些忌刻我的恶劣分子,就想以此来作我的葬歌,纷纷的攻击我起来。

　　第三我平时原是挥霍惯了的,一想到辞了教授的职后,就又不得不同六月间一样,尝那失业的苦味。况且现在又有了家室,又有了未来的儿女,万一再同那时候一样的失起业来,岂不要比曩时更苦。

　　我前面也已经提起过了,在社会上虽是一个懦弱的受难者的我,在家庭内却是一个凶恶的暴君。在社会上受的虐待,欺凌,侮辱,我都要一一回家来向你发泄的。可怜你自从去年十月以来,竟变了一只无罪的羔羊,日日在那里替社会赎罪,作了供我这无能的暴君的牺牲。我在外面受了气回来,不是说你做的菜不好吃,就骂你是害我吃苦的原因。我一想到了将来失业的时候的苦况,神经激动起来的时候每骂着说:

　　"你去死!你死了我方有出头的日子。我辛辛苦苦,是为什么人在这里作牛马的呀。要只有我一个人,我何处不可去,我何苦要在这死地方作苦工呢!只知道在家里坐食的你这行尸,你究竟是为了什么目的生存在这世上的呀?⋯⋯"

你被我骂不过，就暗哭起来。我骂你一场之后，把胸中的悲愤发泄完了，大抵总立时痛责我自家，上前来爱抚你一番，并且每用了柔和的声气，细细的把我的发气的原因——社会对我的虐待——讲给你听。你听了反替我抱着不平，每又哀哀的为我痛哭，到后来，终究到了两人相持对泣而后已。像这样的情景，起初不过间几日一次的，到后来将放年假的时候，变了一日一次或一日数次了。

唉唉，这悲剧的出生，不知究竟是结婚的罪恶呢？还是社会的罪恶？若是为结婚错了的原因而起的，那这问题倒还容易解决；若因社会的组织不良，致使我不能得适当的职业，你不能过安乐的日子，因而生出这种家庭的悲剧的，那我们的社会就不得不根本的改革了。

在这样的忧患中间，我与你的悲哀的继承者，竟生了下来，没有足月的这小生命，看来也是一个神经质的薄命的相儿。你看他那哭时的额上的一条青筋，不是神经质的证据么？饥饿的时候，你喂乳若迟一点，他老要哭个不止，像这样的性格，便是将来吃苦的基础。唉唉，我既生到了世上，受这样的社会的煎熬，正在求生不可，求死不得的时候，又何苦多此一举，生这一块肉在人世呢？啊啊！矛盾，惭愧，我是解说不了的了。以后若有人动问，就请你答复吧。

悲剧的收场，是在一个月的前头。那时候你的神经已经昏乱了，大约已记不清楚，但我却牢牢记着的。那天晚上，正下弦的月亮刚从东边升起来的时候。

沉　沦

我自从辞去了教授职后,托哥哥在某银行里谋了一个位置。但不幸的时候,事运不巧,偏偏某银行为了政治上的问题,开不出来。我闲居A地,日日在家中喝酒,喝醉之后,便声声的骂你与刚出生的那小孩,说你与小孩是我的脚镣,我大约要为你们的缘故沉水而死的。我硬要你们回故乡去,你们却是不肯。那一晚我骂了一阵,已经是朦胧的想睡了。在半醒半睡中间,我从帐子里看出来,好像见你在与小孩讲话。

"……你要乖些……要乖些。……小宝睡了罢……不要讨爸爸的厌……不要讨……娘去之后……要……要……乖些……"

讲了一阵,我好像看见你坐在洋灯影里揩眼泪,这是你的常态,我看得不耐烦了,所以就翻了一转身,面朝着了里床。我在背后觉得你在灯下哭了一忽,又站起来把我的帐子掀开了对我看了一回。我那时候只觉得好睡,所以没有同你讲话。以后我就睡着了。

我们街前的车夫,在我们门外乱打的时候,我才从被里跳了起来。我跌来碰去的走出门来的时候,已经是昏乱得不堪了。我只见你的披散的头发,结成了一块,围在你的项上。正是下弦的月亮从东边升起来的时候,黄灰色的月光射在你的面上;你那本来是灰白的面色,反射出了一道冷光,你的眼睛好好的闭在那里,嘴唇还在微微的动着;你的湿透了的棉袄上,因为有几个扛你回来的车夫的黑影投射着,所以是一块黑一块青的。我把洋灯在地上一放,就抱着了你叫了几声,你的眼睛开了一开,马上就闭上了,眼角上却涌了两条眼泪出来。啊啊，我知道你那时候心里并不怨我的，我知道你并不怨我的，我看了你的眼泪，就能辨出你的心事来，但是我哪能不哭，我哪能不哭呢？我还怕什么？我还要维持什么体面？我就当了众人的面前哭出来了。那时候他们已经把你搬进了房。你床上睡着的小孩，听见了嘈杂的人声，也放大了喉咙啼泣了起来。大约是小孩的哭声传到了你的耳膜上了，你才张开眼来，含了许多眼泪对我看了一眼。我一边替你换湿衣裳，一边教你安睡，不要去管那小孩。恰好间壁雇在那里的乳母，也听见了这杂噪声起了床，跑了过来；我知道你眷念小孩，所以就教乳母替我把小孩抱了过去。奶妈抱了小孩走过床上你的身边的时候，你又对她看了一眼。同时我却听见长江里的轮船放了一声开船的汽笛声。

在病院里看护你的十五天工夫，是我的心地最纯洁的日子。利己心很重的我，从来没有感觉到这样纯洁的爱情过。可怜你身体热到四十一度的时候，还要忽而从睡梦中坐起来问我：

"龙儿，怎么样了？"

"你要上银行去了么？"

我从A地动身的时候，本来打算同你同回家去住的，像这样的社会上，谅来总也没有我的位置了。即使寻着了职业，像我这样愚笨的人，也是没有希望的。我们家里，虽则不是豪富，然而也可算得中产，养养你，养养我，养养我们的龙儿的几颗米是有的。你今年二十七，我今年二十八了。即使你我各有五十岁好活，以后还有几年？我也不想富贵功名了。若为一点毫无价值的浮名，几个不义的金钱，要把良心拿出来去换，要牺牲了他人作我的踏脚板，那也何苦哩。这本来是我从 A 地同你和龙儿动身时候的决心。不是动身的前几晚，我同你拿出了许多建筑的图案来看了么？我们两人不是把我们回家之后，预备到北城近郊的地里，由我们自家的手去造的小茅屋的样子画得好好的么？我们将走的前几天不是到 A 地的可记念的地方，与你我有关的地方都去逛了么？我在长江轮船上的时候，这决心还是坚固得很的。

我这决心的动摇，在我到上海的第二天。那天白天我同你照了照相，吃了午膳，不是去访问了一位初从日本回来的朋友么？我把我的计划告诉了他，他也不说可，不说否，但只指着他的几位小孩说：

"你看看我看，我是怎么也不愿意逃避的。我的系累，岂不是比你更多么？"

啊啊！好胜的心思，比人一倍强盛的我，到了这兵残垓下的时候，同落水鸡似的逃回乡里去——这一出失意的还乡记，就是比我更怯弱的青年，也不愿意上台去演的呀！我回来之后，晚上一晚不曾睡着。你知道我胸中的愁郁，所以只是默默的不响，因为在这时候，你若说一句话，总难免不被我痛骂。这是我的老脾气，虽从你进病院之后直到那天还没有发过，但你那事件发生以前却是常发的。

像这样的状态，继续了三天。到了昨天晚上，你大约是看得我难受了，所以当我兀兀的坐在床上的时候，你就对我说：

"你不要急得这样，你就一个人住在上海吧。你但须送我上火车，我与龙儿是可以回去的，你可以不必同我们去。我想明天马上就搭午后的车回浙江去。"

本来今天晚上还有一处请我们夫妇吃饭的地方，但你因为怕我昨晚答应你将你和小孩先送回家的事情要变卦，所以你今天就急急的要走。我一边只觉得对你不起，一边心里不知怎么的又在恨你。所以我当你在那里捡东西的时候，眼睛里涌着两泓清泪，只是默默的讲不出话来。直到送你上车之后，在车座里坐了一忽，等车快开了，我才讲了一句：

"今天天气倒还好。"

你知道我的意思，所以把头朝向了那面的车窗，好像在那里探看天气的样子，许久不回过头来。唉唉，你那时若把你那水汪汪的眼睛朝我看一看，我也许会同你马上就痛哭起来的。也许仍复把你留在上海，不使你一个人回去的。也许我就硬的陪你回浙江去的，至少我也许要陪你到杭州。但你终不回转头来，我也不再说第二句话，就站起来走下车了。我在月台上立了一忽，故意不对你的玻璃窗看。等车开的时候，我赶上了几步，却对你看了一眼，我见你的眼下左颊上有一条痕迹在那里发光。我眼见得车去远了，月台上的人都跑了出去，我一个人落得最后，慢慢的走出车站来。我不晓得是什么原因，心里只觉得是以后不能与你再见的样子，我心酸极了。啊啊！

我这不祥之语,是多讲的。我在外边只希望你和龙儿的身体壮健,你和母亲的感情融洽。我是无论如何,不至投水自沉的,请你安心。你到家之后千万要写信来给我的哩!我不接到你平安到家的信,什么决心也不能下,我是在这里等你的信的。

一九二三年四月六日清明节午后

采石矶

> 文章憎命达，魑魅喜人过。
>
> ——杜甫

一

自小就神经过敏的黄仲则[①]，到了二十三岁的现在，也改不过他的孤傲多疑的性子来。他本来是一个负气殉情的人，每逢兴致激发的时候，不论讲得讲不得的话，都涨红了脸，放大了喉咙，抑留不住的直讲出来。听话的人，若对他的话有些反抗，或是在笑容上，或是在眼光上，表示一些不赞成他的意思的时候，他便要拼命的辩驳，讲到后来他那双黑晶晶的眼睛老会张得很大，好像会有火星飞出来的样子。这时候若有人出来说几句迎合他的话，那他必喜欢得要奋

[①] 即黄景仁（1749—1783），清代诗人，为宋朝诗人黄庭坚后人，一生穷困奔波，身怀诗才而不得志，35岁病逝。

沉沦

身高跳,他那双黑而且大的眼睛里也必有两泓清水涌漾出来,再进一步,他的清瘦的颊上就会有感激的眼泪流下来了。

像这样的发泄一回之后,他总有三四天守着沉默,无论何人对他说话,他总是噤口不作回答的。在这沉默期间内,他也有一个人关上了房门,在那学使衙门东北边的寿春园西室里兀坐的时候,也有青了脸,一个人上清源门外的深云馆怀古台去独步的时候,也有跑到南门外姑熟溪边上的一家小酒馆去痛饮的时候。不过在这期间内他对人虽不说话,对自家却总是一个人老在幽幽的好像讲论什么似的。他一个人,在这中间,无论上什么地方去,有时或轻轻的吟诵着诗或文句,有时或对自家嘻笑嘻笑,有时或望着了天空而作叹惜,竟似忙得不得开交的样子。但是一见着人,他那双呆呆的大眼,举起来看你一眼,他脸上的表情就会变得同毫无感觉的木偶一样,人在这时候遇着他,总没有一个不被他骇退的。

学使朱筜河[①],虽则非常爱惜他,但因为事务烦忙的缘故,所以当他沉默忧郁的时候,也不能来为他解闷。当这时候,学使左右上下四五十人中间,敢接近他,进到他房里去与他谈几句话的,只有一个他的同乡洪稚存。与他自小同学,又是同乡的洪稚存,很了解他的性格。见他与人论辩,愤激得不堪的时候,每肯出来为他说几句话,所以他对稚存比自家的弟兄还要敬爱。稚存知道他的脾气,

---

① 即朱筠(1729—1781),字竹君,号筜河,清代著名学者。

当他沉默起头的一两天，故意的不去近他的身。有时偶然同他在出入的要路上遇着的时候，稚存也只装成一副忧郁的样子，不过默默的对他点一点头就过去了。待他沉默过了一两天，暗地里看他好像有几首诗做好，或者看他好像已经在市上酒肆里醉过了一次，或在城外孤冷的山林间痛哭了一场之后，稚存或在半夜或在清晨，方敢慢慢的走到他的房里去，与他争诵些《离骚》或批评韩昌黎、李太白的杂诗，他的沉默之戒也就能因此而破了。

学使衙门里的同事们，背后虽在叫他作黄疯子，但当他的面，却个个怕他得很。一则因为他是学使朱公最钟爱的上客，二则也因为他习气太深，批评人家的文字，不顾人下得起下不起，只晓得顺了自家的性格，直言乱骂的缘故。

他跟提督学政朱笥河公到太平，也有大半年了，但是除了洪稚存、朱公二人而外，竟没有一个第三个人能同他讲得上半个钟头的话。凡与他见过一面的人，能了解他的，只说他恃才傲物，不可订交，不能了解他的，简直说他一点儿学问也没有，只仗着了朱公的威势爱发脾气。他的声誉和朋友一年一年的少了下去，他的自小就有的忧郁症反一年一年的深起来了。

二

乾隆三十六年的秋也深了。长江南岸的太平府城里，已吹到了

沉 沦

　　凉冷的北风,学使衙门西面园里的杨柳、梧桐、榆树等杂树,都带起鹅黄的淡色来。园角上荒草丛中,在秋月皎洁的晚上,凄凄唧唧的候虫的鸣声,也觉得渐渐的幽下去了。

　　昨天晚上,因为月亮好得很,仲则竟犯了风露,在园里看了一晚的月亮,在疏疏密密的树影下走来走去的走着,看看地上同严霜似的月光,他忽然感触旧情,想到了他少年时候的一次悲惨的爱情上去。

　　"唉唉!但愿你能享受你家庭内的和乐!"

　　这样的叹了一声,远远的向东天一望,他的眼睛,忽然现出了一个十六岁的伶俐的少女来。那时候仲则正在宜兴沇里读书,他同学的陈某、龚某都比他有钱,但那少女的一双水盈盈的眼光,却只注视在瘦弱的他的身上。他过年的时候因为要回常州,将别的那一天,又到她家里去看她,不晓是什么缘故,这一天她只是对他暗泣而不多说话。同她痴坐了半个钟头,他已经走到门外了,她又叫他回去,把一条当时流行的淡黄绸的汗巾送给了他。这一回当临去的时候,却是他要哭了,两人又拥抱着痛哭了一场,把他的眼泪,都揩擦在那条汗巾的上面。一直到航船要开的将晚时候,他才把那条汗巾收藏起来,同她别去。这一回别后,他和她就再没有谈话的机会了。他第二回重到宜兴的时候,他的少年的悲哀,只成了几首律诗,流露在抄书的纸上:

大道青楼望不遮，年时系马醉流霞。
风前带是同心结，杯底人如解语花。
下杜城边南北路，上阑门外去来车。
匆匆觉得扬州梦，检点闲愁在鬓华。

唤起窗前尚宿酲，啼鹃催去又声声。
丹青旧誓相如札，禅榻经时杜牧情。
别后相思空一水，重来回首已三生。
云阶月地依然在，细逐空香百遍行。

遮莫临行念我频，竹枝留浣泪痕新。
多缘刺史无坚约，岂视萧郎作路人？
望里彩云疑冉冉，愁边春水故粼粼。
珊瑚百尺珠千斛，难换罗敷未嫁身。

从此音尘各悄然，春山如黛草如烟。
泪添吴苑三更雨，恨惹邮亭一夜眠。
讵有青鸟缄别句，聊将锦瑟记流年。
他时脱便微之过，百转千回只自怜。

后三年，他在扬州城里看城隍会，看见一个少妇，同一年约三十

沉 沦

左右,状似富商的男人在街上缓步。她的容貌绝似那宜兴的少女,他晚上回到了江边的客寓里,又做成了四首感旧的杂诗。

    风亭月榭记绸缪,梦里听歌醉里愁。
    牵袂几曾终絮语,掩关从此入离忧。
    明灯锦幄珊珊骨,细马春山剪剪眸。
    最忆濒行尚回首,此心如水只东流。

    而今潘鬓渐成丝,记否羊车并载时。
    挟弹何心惊共命,抚柯底苦破交枝。
    如馨风柳伤思曼,别样烟花恼牧之。
    莫把鹍弦弹昔昔,经秋憔悴为相思。

    柘舞平康旧擅名,独将青眼到书生。
    轻移锦被添晨卧,细酌金卮遣旅情。
    此日双鱼寄公子,当时一曲怨东平。
    越王祠外花初放,更共何人缓缓行。

    非关惜别为怜才,几度红笺手自裁。
    湖海有心随颖士,风情近日逼方回。
    多时掩幔留香住,依旧窥人有燕来。

自古同心终不解，罗浮冢树至今哀。

　　他想想现在的心境，与当时一比，觉得七年前的他，正同阳春暖日下的香草一样，轰轰烈烈，刚在发育。因为当时他新中秀才，眼前尚有无穷的希望，在那里等他。

　　"到如今还是依人碌碌！"

　　一想到现在的这身世，他就不知不觉的悲伤起来了。这时候忽有一阵凉冷的西风，吹到了园里。月光里的树影索索落落的颤动了一下，他也打了一个冷噤，不晓得是什么缘故，觉得毛细管都竦竖了起来。

　　"似此星辰非昨夜，为谁风露立中宵？"

　　于是他就稍微放大了声音把这两句诗吟了一遍，又走来走去的走了几步，一则原想藉此以壮壮自家的胆，二则他也想把今夜所得的这两句诗，凑成一首全诗。但是他的心思，乱得同水淹的蚁巢一样，想来想去怎么也凑不成上下的句子。园外的围墙衖里，打更的声音和灯笼的影子过去之后，月光更洁练得怕人了。好像是秋霜已经下来的样子，他只觉得身上一阵一阵的寒冷了起来。想想穷冬又快到了，他筐里只有几件大布的棉衣，过冬若要去买一件狐皮的袍料，非要有四十两银子不可，并且家里他也许久不寄钱去了，依理而论，正也该寄几十两银子回去，为老母辈添置几件衣服，但是照目前的状态看来，叫他能到何处去弄得这许多银子？他一想到此，心里又

添了一层烦闷。呆呆的对西斜的月亮看了一忽,他却顺口念出了几句诗来:

"茫茫来日愁如海,寄语羲和快着鞭。"

回环念了两遍之后,背后的园门里忽而走了一个人出来,轻轻的叫着说:

"好诗好诗,仲则!你到这时候还没有睡么?"

仲则倒骇了一跳,回转头来就问他说:

"稚存!你也还没有睡么?一直到现在在那里干什么?"

"竹君要我为他起两封信稿,我现在刚搁下笔哩!"

"我还有两句好诗,也念给你听罢,'似此星辰非昨夜,为谁风露立中宵?'"

"诗是好诗,可惜太衰飒了。"

"我想把它们凑成两首律诗来,但是怎么也做不成功。"

"还是不做成的好。"

"何以呢?"

"做成之后,岂不是就没有兴致了么?"

"这话倒也不错,我就不做了吧。"

"仲则,明天有一位大考据家来了,你知道么?"

"谁呀?"

"戴东原①。"

"我只闻诸葛的大名,却没有见过这一位小孔子,你听谁说他要来呀?"

"是北京纪老太史给竹君的信里说出的,竹君正预备着迎接他呢!"

"周秦以上并没有考据学,学术反而昌明,近来大名鼎鼎的考据学家很多,伪书却日见风行,我看那些考据学家都是盗名欺世的。他们今日讲诗学,明日弄训诂,再过几天,又要来谈治国平天下,九九归原,他们的目的,总不外乎一个翰林学士的衔头,我劝他们还是去参注酷吏传的好,将来束带立于朝,由礼部而吏部,或领理藩院,或拜内阁大学士的时候,倒好照样去做。"

"你又要发痴了,你不怕旁人说你在妒忌人家的大名的么?"

"即使我在妒忌人家的大名,我的心地,却比他们的大言欺世,排斥异己,光明得多哩!我究竟不在陷害人家,不在卑污苟贱的迎合世人。"

"仲则,你在哭么?"

"我在发气。"

"气什么?"

"气那些挂羊头卖狗肉的未来的酷吏!"

---

① 即戴震(1724—1777),字东原,清代著名思想家、经学家。

"戴东原与你有什么仇?"

"戴东原与我虽然没有什么仇,但我是疾恶如仇的。"

"你病刚好,又愤激得这个样子,今晚上可是我害了你了,仲则,我们为了这些无聊的人怄气也犯不着,我房里还有一瓶绍兴酒在,去喝酒去吧。"

他与洪稚存两人,昨晚喝酒喝到鸡叫才睡,所以今朝早晨太阳射照在他窗外的花坛上的时候,他还未曾起来。

门外又是一天清冷的好天气。绀碧的天空,高得渺渺茫茫。窗前飞过的鸟雀的影子,也带有些悲凉的秋意。仲则窗外的几株梧桐树叶,在这浩浩的白日里,虽然无风,也萧索地自在凋落。

一直等太阳射照到他的朝西南的窗下的时候,仲则才醒,从被里伸出了一只手,撩开帐子,向窗上一望,他觉得晴光射目,竟感觉得有些眩晕。仍复放下了帐子,闭了眼睛,在被里睡了一忽,他的昨天晚上的亢奋状态已经过去了,只有秋虫的鸣声,梧桐的疏影和云月的光辉,成了昨夜的记忆,还印在他的今天早晨的脑里,又开了眼睛呆呆的对帐顶看了一回,他就把昨夜追忆少年时候的情绪想了出来。想到这里,他的创作欲已经抬头起来了。从被里坐起,把衣服一披,他拖了鞋就走到书桌边上去。随便拿起了一张桌上的破纸和一支墨笔,他就叉手写出了一首诗来:

络纬啼歇疏梧烟,露华一白凉无边。

纤云微荡月沉海，列宿乱摇风满天。

谁人一声歌子夜，寻声宛转空台榭。

声长声短鸡续鸣，曙色冷光相激射。

三

仲则写完了最后的一句，把笔搁下，自己就摇头反复的吟诵了好几遍。呆着向窗外的晴光一望，他又拿起笔来伏下身去，在诗的前面填了"秋夜"两字，作了诗题。他一边在用仆役拿来的面水洗面，一边眼睛还不能离开刚才写好的诗句，微微的仍在吟着。

他洗完了面，饭也不吃，便一个人走出了学使衙门，慢慢的只向南面的龙津门走去。十月中旬的和煦的阳光，不暖不热的洒满在冷清的太平府城的街上。仲则在蓝苍的高天底下，出了龙津门，渡过姑熟溪，尽沿了细草黄沙的乡间的大道，在向着东南前进。道旁有几处小小的杂树林，也已现出了凋落的衰容，枝头未坠的病叶，都带了黄苍的浊色，尽在秋风里微颤。树梢上有几只乌鸦，好像在那里赞美天晴的样子，呀呀的叫了几声。仲则抬起头来一看，见那几只乌鸦，以树林作了中心，却在晴空里飞舞打圈。树下一块草地，颜色也有些微黄了。草地的周围，有许多纵横洁净的白田，因为稻已割尽，只留了点点的稻草根株，静静的在享受阳光。仲则向四面一看，就不知不觉的从官道上，走入了一条衰草丛生的田塍小路里去。

走过了一块干净的白田,到了那树林的草地上,他就在树下坐下了。静静地听了一忽鸦噪的声音,他举头却见了前面的一带秋山,划在晴朗的天空中间。

"相看两不厌,只有敬亭山。"

这样的念了一句,他忽然动了登高望远的心思。立起了身,他就又回到官道上来了。走半个钟头的样子,他过了一条小桥,在桥头树林里忽然发现了几家泥墙的矮草舍。草舍前空地上一只在太阳里躺着的白花犬,听见了仲则的脚步声,呜呜的叫了起来。半掩的一家草舍门口,有一个五六岁的小孩跑出来窥看他了。仲则因为将近山麓了,想问一声上谢公山是如何走法的,所以就对那跑出来的小孩问了一声。那小孩把小指头含在嘴里,好像怕羞似的一语也不答又跑了进去。白花犬因为仲则站住不走了,所以叫得更加厉害。过了一会,草舍门里又走出了一个头上包青布的老农妇来。仲则作了笑容恭恭敬敬的问她说:

"老婆婆,你可知道前面的是谢公山不是?"

老妇摇摇头说:

"前面的是龙山。"

"那么谢公山在哪里呢?"

"不知道,龙山左面的是青山,还有三里多路啦。"

"是青山么?那山上有坟墓没有?"

"坟墓怎么会没有!"

"是的,我问错了,我要问的,是李太白的坟。"

"噢噢,李太白的坟么?就在青山的半脚。"

仲则听了这话,喜欢得很,便告了谢,放轻脚步,从一条狭小的歧路折向东南的谢公山去。谢公山原来就是青山,乡下老妇只晓得李太白的坟,却不晓得青山一名谢公山,仲则一想,心里觉得感激得很,恨不得想拜她一下。他的很易激动的感情,几乎又要使他下泪了。他渐渐的前进,路也渐渐窄了起来,路两旁的杂树矮林,也一处一处的多起来了。又走了半个钟头的样子,他走到青山脚下了。在细草簇生的山坡斜路上,他遇见了两个砍柴的小孩,唱着山歌,挑了两肩短小的柴担,兜头在走下山来。他立住了脚,又恭恭敬敬的问说:

"小兄弟,你们可知道李太白的坟是在哪里的?"

两小孩好像没有听见他的话,尽管在向前的冲来。仲则让在路旁,一面又放声发问了一次。他们因为尽在唱歌,没有注意到仲则;所以仲则第一次问的时候,他们简直不知道路上有一个人在和他们兜头的走来,及走到了仲则的身边,看他好像在发问的样子,他们才歇了歌唱,忽而向仲则惊视了一眼。听了仲则的问话,前面的小孩把手向仲则的背后一指,好像求同意似的,回头来向后面的小孩看着说:

"李太白?是那一个坟吧?"

后面的小孩也争着以手指点说:

"是的，是那一个有一块白石头的坟。"

仲则回转了头，向他们指着的方向一看，看见几十步路外有一堆矮林，矮林边上果然有一穴，前面有一块白石的低坟躺在那里。

"啊，这就是么？"

他的这叹声里，也有惊喜的意思，也有失望的意思，可以听得出来。他走到了坟前，只看见了一个杂草生满的荒冢。并且背后的那两个小孩的歌声，也已渐渐的幽了下去，忽然听不见了，山间的沉默，马上就扩大开来，包压在他的左右上下。他为这沉默一压，看看这一堆荒冢，又想到了这荒冢底下葬着的是一个他所心爱的薄命诗人，心里的一种悲感，竟同江潮似的涌了起来。

"啊啊，李太白，李太白！"

不知不觉的叫了一声，他的眼泪也同他的声音同时滚下来了。微风吹动了墓草，他的模糊的泪眼，好像看见李太白的坟墓在活起来的样子。他向坟的周围走了一圈，又回到墓门前来跪下了。

他默默的在墓前草上跪坐了好久，看看四围的山间透明的空气，想想诗人的寂寞的生涯，又回想到自家的现在被人家虐待的境遇，眼泪只是陆陆续续的流淌下来。看看太阳已经低了下去，坟前的草影长起来了，他方把今天睡到了日中才起来，洗面之后跑出衙门，一直还没有吃过食物的事情想了起来，这时候却一忽儿的觉得饥饿起来了。

四

他挨了饿，慢慢的朝着了斜阳走回来的时候，短促的秋日已经变成了苍茫的白夜。他一面赏玩着日暮的秋郊野景，一面一句一句的尽在那里想诗。敲开了城门，在灯火零星的街上，走回学使衙门去的时候，他的吊李太白的诗也想完成了。

束发读君诗，今来展君墓。
清风江上洒然来，我欲因之寄微慕。
呜呼！有才如君不免死，我固知君死非死。
长星落地三千年，此是昆明劫灰耳。
高冠岌岌佩陆离，纵横学剑胸中奇。
陶镕屈宋入大雅，挥洒日月成瑰词。
当时有君无着处，即今遗躅犹相思。
醒时兀兀醉千首，应是鸿蒙借君手。
乾坤无事入怀抱，只有求仙与饮酒。
一生低首唯宣城，墓门正对青山青。
风流辉映今犹昔，更有灞桥驴背客。
此间地下真可观，怪底江山总生色。
江山终古月明里，醉魄沉沉呼不起。

沉　沦

　　　　锦袍画舫寂无人，隐隐歌声绕江水。
　　　　残膏剩粉洒六合，犹作人间万余子。
　　　　与君同时杜拾遗，窆石却在潇湘湄。
　　　　我昔南行曾访之，衡云惨惨通九疑。
　　　　即论身后归骨地，俨与诗境同分驰。
　　　　终嫌此老太愤激，我所师者非公谁？
　　　　人生百年要行乐，一日千杯苦不足。
　　　　笑看樵牧语斜阳，死当埋我兹山麓。

　　仲则走到学使衙门里，只见正厅上灯烛辉煌，好像是在那里张宴。他因为人已疲倦极了，所以便悄悄的回到了他住的寿春园的西室。命仆役搬了菜饭来，在灯下吃一碗，洗完手面之后，他就想上床去睡。这时候稚存却青了脸，张了鼻孔，作了悲寂的形容，走进他的房来了。

　　"仲则，你今天上什么地方去了？"

　　"我倦极了，我上李太白的坟前去了一次。"

　　"是谢公山么？"

　　"是的，你的样子何以这样的枯寂，没有一点儿生气？"

　　"唉，仲则，我们没有一点小名气的人，简直还是不出外面来的好。啊啊，文人的卑污呀！"

　　"是怎么一回事？"

"昨晚上我不是对你说过了么？那大考据家的事情。"

"哦，原来是戴东原到了。"

"仲则，我真佩服你昨晚上的议论。戴大家这一回出京来，拿了许多名人的荐状，本来是想到各处来弄几个钱的。今晚上竹君办酒替他接风，他在席上听了竹君夸奖你我的话，就冷笑了一脸说'华而不实'。仲则，叫我如何忍受下去呢！这样卑鄙的文人，这样的只知排斥异己的文人，我真想和他拼一条命。"

"竹君对他这话，也不说什么么？"

"竹君自家也在著《十三经文字同异》，当然是与他志同道合的了。并且在盛名的前头，哪一个能不为所屈。啊啊，我恨不能变一个秦始皇，把这些卑鄙的伪儒，杀个干净。"

"伪儒另外还讲些什么？"

"他说你的诗他也见过，太少忠厚之气，并且典故用错的也着实不少。"

"混蛋，这样的胡说乱道，天下难道还有真是非么？他住在什么地方？去去，我也去问他个明白。"

"仲则，且忍耐着吧，现在我们是闹他不赢的。如今世上盲人多，明眼人少，他们只有耳朵，没有眼睛，看不出究竟谁清谁浊，只信名气大的人，是好的，不错的。我们且待百年后的人来判断罢！"

"但我总觉得忍耐不住，稚存，稚存。"

"……"

"稚存,我我……我想……想回家去了。"

"……"

"稚存,稚存,你……你……你怎么样?"

"仲则,你有钱在身边么?"

"没有了。"

"我也没有了。没有川资,怎么回去呢?"

五

仲则的性格,本来是非常激烈的,对于戴东原的这辱骂自然是忍受不过去的,昨晚上和稚存两人默默的在房间里走来走去走了半夜,打算回常州去,又因为没有路费,不能回去。当半夜过了,学使衙门里的人都睡着之后,仲则和稚存还是默默的背着了手在房里走来走去的走。稚存看看灯下的仲则的清瘦的影子,想叫他睡了,但是看看他的水汪汪的注视着地板的那双眼睛,和他的全身在微颤着的愤激的身体,却终说不出话来,所以稚存举起头来对仲则偷看了好几眼,依旧把头低下去了。到了天将亮的时候,他们两人的愤激已消散了好多,稚存就对仲则说:

"仲则,我们的真价,百年后总有知者,还是保重身体要紧。戴东原不是史官,他能改变百年后的历史么?一时的胜利者未必是万世的胜利者,我们还该自重些。"

仲则听了这话,就举起他的一双水汪汪的眼睛,对稚存看了一眼。呆了一忽,他才对稚存说:

"稚存,我头痛得很。"

这样的讲了一句,仍复默默的俯了首,走来走去走了一会,他又对稚存说:

"稚存,我怕要病了。我今天走了一天,身体已经疲倦极了,回来又被那伪儒这样的辱骂一场,稚存,我若是死了,要你为我复仇的呀!"

"你又要说这些话了,我们以后还是务其大者远者,不要在那些小节上消磨我们的志气吧!我现在觉得戴东原那样的人,并不在我的眼中了。你且安睡吧。"

"你也去睡吧,时候已经不早了。"

稚存去后,仲则一个人还在房里俯了首走来走去的走了好久,后来他觉得实在是头痛不过了,才上床去睡。他从睡梦中哭醒来了好几次。到第二天中午,稚存进他房去看他的时候,他身上发热,两颊绯红,尽在那里讲谵语。稚存到他床边伸手到他头上去一摸,他忽然坐了起来问稚存说:

"京师诸名太史说我的诗怎么样?"

稚存含了眼泪勉强笑着说:

"他们都在称赞你,说你的才在渔洋①之上。"

"在渔洋之上?呵呵,呵呵。"

稚存看了他这病状,就止不住的流下眼泪来。本想去通知学史朱笥河,但因为怕与戴东原遇见,所以只好不去。稚存用了湿毛巾把他头脑凉了一凉,他才睡了一忽。不上三十分钟,他又坐起来问稚存说:

"竹君……竹君怎么不来?竹君怎么这几天没有到我房里来过?难道他果真信了他的话了么?我要回去了,我要回去了,谁愿意住在这里!"

稚存听了这话,也觉得这几天竹君对他们确有些疏远的样子,他心里虽则也感到了非常的悲愤,但对仲则却只能装着笑容说:

"竹君刚才来过,他见你睡着在这里,叫我不要惊醒你来,就悄悄的出去了。"

"竹君来过了么?你怎么不讲?你怎么不叫他把那大盗赶出去?"

稚存骗仲则睡着之后,自己也哭了一个爽快。夜阴侵入到仲则的房里来的时候,稚存也在仲则的床沿上睡着了。

---

① 即王士禛(1634—1711),世称王渔洋,今山东淄博市桓台县人,清代著名诗人、诗词理论家,是"神韵说"的集大成者。

六

　　岁月迁移了。乾隆三十七年的新春带了许多风霜雨雪到太平府城里来,一直到了正月尽头,天气方才晴朗。卧在学使衙门东北边寿春园西室的病夫黄仲则,也同阴暗的天气一样,到了正月尽头却一天一天的强健了起来。本来是清瘦的他,遭了这一场伤寒重症,更清瘦得可怜。但稚存与他的友情,经了这一番患难,倒变得是一天浓厚似一天了。他们二人各对各的天分,也更互相尊敬了起来,每天晚上,各讲自家的抱负,总要讲到三更过后才肯入睡,两个灵魂,在这前后,差不多要化作成一个的样子。

　　二月以后,天气忽然变暖了。仲则的病体也眼见得强壮了起来。到二月半,仲则已能起来往浮邱山下的广福寺去烧香去了。

　　他的孤傲多疑的性子经了这一番大病,并没有什么改变。他总觉得自从去年戴东原来了一次之后,朱竹君对他的态度,不如从前的诚恳了。有一天日长的午后,他一个人在房里翻开旧作的诗稿来看,却又看见去年初见朱竹君学使时候的一首《上朱笥河先生》的柏梁古体诗。他想想当时一见如旧的知遇,与现在的无聊的状态一比,觉得人生事事,都无长局。拿起笔来他就又添写了四首律诗到诗稿上去。

沉 沦

抑情无计总飞扬,忽忽行迷坐若忘。
遁拟凿坯因骨傲,吟还带索为愁长。
听猿讵止三声泪,绕指真成百炼钢。
自傲一呕休示客,恐将冰炭置人肠。

岁岁吹箫江上城,西园桃梗托浮生。
马因识路真疲路,蝉到吞声尚有声。
长铗依人游未已,短衣射虎气难平。
剧怜对酒听歌夜,绝似中年以后情。

鸢肩火色负轮囷,臣壮何曾不若人。
文倘有光真怪石,足如可析是劳薪。
但工饮啖犹能活,尚有琴书且未贫。
芳草满江容我采,此生端合付灵均。

似绮年华指一弹,世途惟觉醉乡宽。
三生难化心成石,九死空尝胆作丸。
出郭病躯愁直视,登高短发愧旁观。
升沉不用君平卜,已办秋江一钓竿。

七

　　天上没有半点浮云，浓蓝的天色受了阳光的蒸染，蒙上了一层淡紫的晴霞，千里的长江，映着几点青螺，同逐梦似的流奔东去。长江腰际，青螺中一个最大的采石山前，太白楼开了八面高窗，倒影在江心牛渚中间；山水、楼阁、和楼阁中的人物，都是似醉似痴的在那里点缀阳春的烟景，这是三月上巳的午后，正是安徽提督学政朱笥河公在太白楼大会宾客的一天。翠螺山的峰前峰后，都来往着与会的高宾，或站在三台阁上，在数水平线上的来帆，或散在牛渚矶头，在寻前朝历史上的遗迹。从太平府到采石山，有二十里的官路。澄江门外的沙郊，平时不见有人行的野道上，今天热闹得差不多路空不过五步的样子。八府的书生，正来当涂应试，听得学使朱公的雅兴，都想来看看朱公药笼里的人才。所以江山好处，蛾眉燃犀诸亭都为游人占领去了。

　　黄仲则当这青黄互竞的时候，也不改他常时的态度。本来是纤长清瘦的他，又加以久病之余，穿了一件白夹春衫，立在人丛中间，好像是怕被风吹去的样子。清癯的颊上，两点红晕，大约是薄醉的风情。立在他右边的一个肥矮的少年，同他在那里看对岸的青山的，是他的同乡同学的洪稚存。他们两人在采石山上下走了一转回到太白楼的时候，柔和肥胖的朱笥河笑问他们说：

"你们的诗做好了没有？"

洪稚存含着微笑摇头说：

"我是闭门觅句的陈无己。"

万事不肯让人的黄仲则，就抢着笑说：

"我却做好了。"

朱笥河看了他这一种少年好胜的形状，就笑着说：

"你若是做了这样快，我就替你磨墨，你写出来吧。"

黄仲则本来是和朱笥河说说笑话的，但等得朱笥河把墨磨好，横轴摊开来的时候，他也不得不写了。他拿起笔来，往墨池里扫了几扫，就模模糊糊的写了下去：

红霞一片海上来，照我楼上华筵开，

倾觞绿酒忽复尽，楼中谪仙安在哉！

谪仙之楼楼百尺，笥河夫子文章伯，

风流仿佛楼中人，千一百年来此客。

是日江上彤云开，天门淡扫双蛾眉，

江从慈母矶边转，潮到燃犀亭下回。

青山对面客起舞，彼此青莲一抔土，

若论七尺归蓬蒿，此楼作客山是主。

若论醉月来江滨，此楼作主山作宾，

长星动摇若无色，未必常作人间魂。

身后苍凉尽如此，俯仰悲歌亦徒尔！
杯底空余今古愁，眼前忽尽东南美。
高会题诗最上头，姓名未死重山丘，
请将诗卷掷江水，定不与江东向流。

不多几日，这一首太白楼会宴的名诗，就喧传在长江两岸的士女的口上了。

一九二二年十一月二十日午前

离散之前

一

户外的萧索的秋雨，愈下愈大了。檐漏的滴声，好像送葬者的眼泪，尽在嗒啦嗒啦的滴。壁上的挂钟在一刻前，虽已经敲了九下，但这间一楼一底的屋内的空气，还同黎明时一样，黝黑得闷人。时有一阵凉风吹来；后面窗外的一株梧桐树，被风摇撼，就淅淅沥沥的振下一阵枝上积雨的水滴声来。

本来是不大的楼下的前室里，因为中间乱堆了几只木箱子，愈加觉得狭小了。正当中的一张圆桌上也纵横排列了许多书籍，破新闻纸之类，在那里等待主人的整理。丁零零，后面的门铃一响，一个二十七八岁的非常消瘦的青年，走到这乱堆着行装的前室里来了。跟在他后面的一个三十内外的娘姨（女佣），一面倒茶，一面对他说：

"他们在楼上整理行李。"

那青年对她含了悲寂的微笑，点了一点头，就把一件雨衣脱下来，挂在壁上，且从木箱堆里，拿了一张可以折叠的椅子出来，放开坐了。娘姨回到后面厨房去之后，他呆呆的对那些木箱书籍看了一看，眼睛忽而红润了起来。轻轻的咳了一阵，他额上涨出了一条青筋，颊上涌现了两处红晕。从袋里拿出一块白手帕子来向嘴上揩了一揩，他又默默的坐了三五分钟。最后他拿出一支纸烟来吸的时候，同时便面朝着二楼上叫了两声：

"海如！海如！邝！邝！"

铜铜铜铜的中间扶梯上响了一下，两个穿日本衣服的小孩，跑下来了，他们还没有走下扶梯，口中就用日本话高声叫着说：

"于伯伯！于伯伯！"

海如穿了一件玄色的作业服，慢慢跟在他的两个小孩的后面。两个小孩走近了姓于的青年坐着的地方，就各跳上他的腿上去坐，一个小一点的弟弟，用了不完全的日本话对姓于的说：

"爸爸和妈妈要回到很远很远的地方——去。"

海如也在木箱堆里拿出一张椅子来，坐定之后，就问姓于的说：

"质夫，你究竟上北京去呢，还是回浙江？"

于质夫两手抱着两个小孩举起头来回答说：

"北京糟得这个样子，便去也没有什么法子好想，我仍复决定了回浙江去。"

说着，他又咳了几声。

"季生上你那里去了么？"

海如又问他说。质夫摇了一摇头,回答说:

"没有,他说上什么地方去的?"

"他出去的时候,我托他去找你同到此地来吃中饭的。"

"我的同病者上哪里去了?"

"斯敬是和季生一块儿出去的。季生若不上你那里去,大约是替斯敬去寻房子去了罢!"

海如说到这里,他的从日本带来的夫人,手里抱了一个未满周岁的小孩,也走下了楼,参加入他们的谈话的团体之中。她看见两个大小孩都挤在质夫身上,便厉声的向大一点的叱着说:

"倍媳,还不走开!"

把手里抱着的小孩交给了海如,她又对质夫说:

"剩下的日子,没有几日了,你也决定了么?"

"嗳嗳,我已经决定了回浙江去。"

"起行的日子已经决定之后,反而是想大家更在一块多住几日的呐!"

"可不是么,我们此后,总是会少离多。你们到了四川,大概是不会再出来了。我的病,经过冬天,又不知要起如何的变化。"

"你倒还好,霍君的病,比你更厉害哩,曾君为他去寻房子去了,不晓得寻得着寻不着?"

质夫和海如的夫人用了日本话在谈这些话的时候,海如抱了小孩,尽瞪着两眼,在向户外的雨丝呆看。

"启行的时候,要天晴才好哩!你们比不得我,这条路长得很呀!"

质夫又对邝夫人说。夫人眼看着户外的雨脚,也拖了长声说:

"啊啊!这个雨真使人不耐烦!"

后门的门铃又响了,大家的视线,注视到从后面走到他们坐着的前室里来的户口去。走进来的是一个穿洋服的面色黝黑的绅士和一个背脊略驼的近视眼的穿罗罢须轧的青年。后者的面色消瘦青黄,一望而知为病人。见他们两个进来了,海如就问说:

"你们寻着了房子没有?"

他们同时回答说:

"寻着了!"

"寻着了!"

原来穿洋服的是曾季生,穿罗罢须轧的是霍斯敬。霍斯敬是从家里出来,想到日本去的,但在上海染了病,把路费用完,寄住在曾季生邝海如的这间一楼一底的房子里。现在曾邝两人受了压迫,不得不走了,所以寄住的霍斯敬,也就不得不另寻房子搬家。于质夫虽在另外的一个地方住,但他的住处,比曾邝两人的还要可怜,并且他和曾邝处于同一境遇之下,这一次的被迫,他虽说病重,要回家去养病,实际上他和曾邝都有说不出的悲愤在内的。

二

　　曾、邝、于，都是在日本留学时候的先后的同学。三人的特性家境，虽则各不相同，然而他们的好义轻财，倾心文艺的性质，却彼此都是一样。因为他们所受的教育，比别人深了一点，所以他们对于世故人情，全不通晓。用了虚伪卑劣的手段，在社会上占得优胜的同时代者，他们都痛疾如仇。因此，他们所发的言论，就不得不动辄受人的攻击。一二年来，他们用了死力，振臂狂呼，想挽回颓风于万一，然而社会上的势利，真如草上之风，他们的拼命的奋斗的结果，不值得有钱有势的人一拳打。他们的杂志著作的发行者，起初是因他们有些可取的地方，所以请他们来，但看到了他们的去路已经塞尽，别无方法好想了，就也待他们苛刻起来。起先是供他们以零用，供他们以衣食住的，后来用了釜底抽薪的法子，把零用去了，衣食去了，现在连住的地方也生问题了。原来这一位发行业者的故乡，大旱大水的荒了两年，所以有一大批他的同乡来靠他为活。他平生是以孟尝君自命的人，自然要把曾邝于的三人和他的同乡的许多农工小吏，同排在食客之列，一视同仁的待遇他们。然而一个书籍发行业的收入，究竟有限，而荒年乡民的来投者漫无涯际。所以曾邝于三人的供给，就不得不一日一日的减缩下去。他们三人受了衣食住的节缩，身体都渐渐的衰弱起来了。到了无可奈何的现在，他们只好各往各的故乡奔。曾是湖南，邝是四川，于是浙江。

正当他们被逼得无可奈何想奔回故乡去的这时候，却来了一个他们的后辈霍斯敬。斯敬的家里，一贫如洗。这一回，他自东京回国来过暑假。半月前暑假期满出来再赴日本的时候，他把家里所有的财产全部卖了，只得了六十块钱作东渡的旅费。一个卖不了的年老的寡母，他把她寄在亲戚家里。偏是穷苦的人运气不好，斯敬到上海——他是于质夫的同乡——染了感冒，变成了肺尖加答儿。他的六十块钱的旅费，不消几日，就用完了，曾邝于与他同病相怜，四五日前因他在医院里的用费浩大，所以就请他上那间一楼一底的屋里去同住。

然而曾邝于三人，为自家的生命计，都决定一同离开上海，动身已经有日期了。所以依他们为活，而又无家可归的霍斯敬，在他们启行之前，便不得不上别处去找一间房子来养病。

三

曾邝于霍四个人和邝的夫人小孩们，在那间屋里，吃了午膳之后，雨还是落个不住。于质夫因为天气冷了，身上没有夹袄夹衣，所以就走出了那间一楼一底的屋，冒雨回到他住的那发行业者的堆栈里来，想睡到棉被里去取热。这堆栈正同难民的避难所一样，近来住满了那发行业者的同乡。于质夫因为怕与那许多人见面谈话，

沉 沦

所以一到堆栈,就从书堆里幽脚幽手的摸上了楼,脱了雨衣,倒在被窝里睡了。他的上床,本只为躺在棉被里取热的缘故,所以虽躺在被里,也终不能睡着。眼睛看着了屋顶,耳朵听听窗外的秋雨,他的心里,尽在一阵阵的酸上来。他的思想,就飞来飞去的在空中飞舞:

"我的养在故乡的小孩!现在你该长得大些了吧。我的寄住在岳家的女人,你不在恨我么?啊啊,真不愿意回到故乡去!但是这样的被人虐待,饿死在上海,也是不值得的。……"

风加紧了,灰腻的玻璃窗上横飘了一阵雨过来,质夫对窗上看了一眼,叹了一口气,仍复在继续他的默想:

"可怜的海如,你的儿子妻子如何的养呢?可怜的季生斯敬,你们连儿女妻子都没有!啊啊!兼有你们两种可怜的,仍复是我自己。全家都在秋风里,九月衣裳未剪裁。……茫茫来日愁如海,寄语羲和快着鞭。……啊啊,黄仲则当时,还有一个毕秋帆,现在连半个毕秋帆也没有了!……今日爱才非昔日,莫抛心力作词人。……我去教书去吧!然而……教书的时候,也要卑鄙龌龊的去结成一党才行。我去拉车去吧!啊啊,这一双手,这一双只剩了一层皮一层骨头的手,哪里还拉得动呢?……喀喀,……喀喀。……喀喀喀喀嗳吓……"

他咳了一阵,头脑倒空了一空,几秒钟后,他听见楼下有几个人在说:

"楼上的那位于先生,怎么还不走?他走了,我们也好宽敞些!"

他听了这一句话,一个人的脸上红了起来。楼下讲话的几个发行业者的亲戚,好像以为他还没有回来,所以在那里直吐心腹。又谁知不幸的他,恰巧听见了这几句私语。他想作掩耳盗铃之计,想避去这一种公然的侮辱,只好装了自己是不在楼上的样子。可怜他现在喉咙头虽则痒得非常,却不得不死劲的忍住不咳出来了。忍了几分钟,一次一次的咳嗽,都被他压了下去。然而最后一阵咳嗽,无论如何,是压不下去了,反而同防水堤溃决了一样,他的屡次被压下去的咳嗽,一时发了出来。他大咳一场之后,面涨得通红,身体也觉得倦了。张着眼睛躺了一忽,他就沉沉的没入了睡乡。啊啊!这一次的入睡,他若是不再醒转来,那是何等的幸福呀!

四

第二天的早晨,秋雨晴了,雨后的天空,更加蓝得可爱,修整的马路上,被夜来的雨洗净了泥沙,虽则空中有呜呜的凉风吹着,地上却不飞起尘沙来。大约是午前十点钟的光景,于质夫穿了一件夏布长衫,在马路上走向邝海如的地方去吃饭去。因为他住的堆栈里,平时不煮饭,大家饿了,就弄点麦食吃吃。于质夫自小就娇养惯的,麦食怎么也吃不来。他的病,大半是因为这有一顿无一顿的饮食上来的，所以他宁愿跑几里路——他坐电车的钱也没有了——上邝海如那里去吃饭。并且邝与曾几日内就要走了，三人的聚首，以后也不见得再有机会，因此于质夫更想时刻不离开他们。

于质夫慢慢的走到了静安寺近边的邝曾同住的地方，看见后门口有一乘黄包车停着。质夫开进了后门，走上堂前去的时候，只见邝曾和邝夫人都呆呆的立在那里。两个小孩也不声不响的立在他们妈妈的边上。质夫闯进了这一幕静默的哑剧里与他们招呼了一招呼，也默默的呆住了。过了几分钟，楼上扑通扑通的霍斯敬提了一个藤箧走了下来。他走到了四人立着的地方，把藤箧摆了一摆，灰灰颓颓的对邝曾等三人说：

"对不起，搅扰了你们许多天数，你们上船的时候，我再来送。分散之前，我们还要聚谈几回吧！"

说着把他的那双近视眼更瞅了一瞅，回转来向质夫说：

"你总还没有走吧！"

质夫含含糊糊的回答说：

"我什么时候都可以走的。大家走完了，我一个人还住在上海干什么？大约送他们上船之后，我就回去的。"

质夫说着用脸向邝曾一指。

霍斯敬说了一声"失敬"，就俯了首慢慢的走上后门边的黄包车上，邝夫人因为下了眼泪，所以不送出去，其余的三人和小孩子都送他的车子出马路，到看不见了方才回来。回来之后，四人无言

的坐了一忽,海如才幽幽的对质夫说:

"一个去了。啊啊,等我们上船之后,只剩了你从上海乘火车回家去,你不怕孤寂的么?还是你先走的好吧,我们人数多一点,好送你上车。"

质夫很沉郁的回答说:

"谁先走,谁送谁倒没有什么问题,只是我们二年来的奋斗,却将等于零了。啊啊!想起来,真好像在这里做梦。我们初出季刊周报的时候,与现在一比,是何等的悬别!这一期季刊的稿子,趁他们还没有付印,去拿回来吧!"

邝海如又幽幽的回答说:

"我也在这样的想,周报上如何的登一个启事呢?"

"还要登什么启事,停了就算了。"质夫愤愤的说。

海如又接续说:

"不登启事,怕人家不晓得我们的苦楚,要说我们有头无尾。"

质夫索性自暴自弃的说:

"人家知道我们的苦楚,有什么用处?还再想出来弄季刊周报的复活么?"

只有曾季生听了这些话,却默默的不作一声,尽在那里摸脸上的瘰粒。

吃过午饭之后,他们又各说了许多空话,到后来大家出了眼泪才止。这一晚质夫终究没有回到那同牢狱似的堆栈里去睡。

五

曾邝动身上船的前一日,天气阴闷,好像要下雨的样子。在静安寺近边的那间一楼一底的房子里,于午前十一时,就装了一桌鱼肉的供菜,摆在那张圆桌上,上首尸位里,叠着几册丛书季刊,一捆周报和日刊纸。下面点着一双足斤的巨烛,曾邝于霍的四人,喝酒各喝得微醉,在那里展拜。海如拜将下去,叩了几个响头,大声的说:

"诗神请来受飨,我们因为意志不坚,不能以生命为牺牲,所以想各逃回各的故乡去保全身躯。但是艺术之神们哟,我们为你们而受的迫害也不少了。我们决没有厌弃你们的心思。世人都指斥我们是不要紧的,我们只要求你们能了解我们,能为我们说一句话,说'他们对于艺术却是忠实的'。我们几个意志薄弱者,明天就要劳燕东西的分散了,再会不知还是在这地球之上呢?还是在死神之国?我们的共同的工作,对我们物质上虽没有丝毫的补益,但是精神上却把我们锻炼得同古代邪教徒那样的坚忍了。我们今天在离散之前,打算以我们自家的手把我们自家的工作来付之一炬,免得他年被不学无术的暴君来蹂躏。"

这几句话,因为他说的时候,非常严肃,弄得大家欲哭不能,欲笑不可。他们四人拜完之后,一大堆的丛书季刊周报日刊都在天井里烧毁了。有几片纸灰，飞上了空中，直达到屋檐上去。在火堆的四面默默站着的他们四个，只听见霍霍的火焰在那里。

一九二三年九月

茫茫夜

一

　　一天星光灿烂的秋天的朝上，大约时间总在十二点钟以后了，静寂的黄浦滩上，一个行人也没有。街灯的灰白的光线，散射在苍茫的夜色里，烘出了几处电杆和建筑物的黑影来。道旁尚有二三乘人力车停在那里，但是车夫好像已经睡着了，所以并没有什么动静。黄浦江中停着的船上，时有一声船板和货物相击的声音传来，和远远不知从何处来的汽车车轮声合在一起，更加形容得这初秋深夜的黄浦滩上的寂寞。在这沉默的夜色中，南京路口滩上忽然闪出了几个纤长的黑影来，他们好像是自家恐惧自家的脚步声的样子，走路走得很慢。他们的话声亦不很高，但是在这沉寂的空气中，他们的足音和话声，已经觉得很响了。

　　"于君，你现在觉得怎么样？你的酒完全醒了么？我只怕你上船之后，又要吐起来。"

　　讲这一句话的，是一个十九岁前后的纤弱的青年，他的面貌清秀得很。他那柔美的眼睛,和他那不大不小的嘴唇,有使人不得不爱他的魔力。他的身体好像是不十分强,所以在微笑的时候,他的苍白的脸上,也脱不了一味悲寂的形容。他讲的虽然是北方的普通话,但是他那幽徐的喉音,和婉转的声调,竟使听话的人,辨不出南音北音来。被他叫作"于君"的,是一个二十五六岁的青年,大约是因为酒喝多了,颊上有一层红潮,同蔷薇似的罩在那里。眼睛里红红浮着的,不知是眼泪呢还是醉意,总之他的眉间,仔细看起来,却有些隐忧含着,他的勉强装出来的欢笑,正是在那里形容他的愁苦。他比刚才讲话的那青年,身材更高,穿着一套藤青的哔叽洋服,与刚才讲话的那青年的鱼白大衫,却成了一个巧妙的对称。他的面貌无俗气,但亦无特别可取的地方。在一副平正的面上,加上一双比较细小的眼睛,和一个粗大的鼻子,就是他的肖像了。由他那二寸宽的旧式的硬领和红格的领结看来,我们可以知道他是一个富有趣味的人。他听了青年的话,就把头向右转了一半,朝着了那青年,一边伸出右手来把青年的左手捏住,一边笑着回答说:

"谢谢,迟生,我酒已经醒了。今晚真对你们不起,要你们到了这深夜来送我上船。"

讲到这里,他就回转头来看跟在背后的两个年纪大约二十七八的青年,从这两个青年的洋服年龄面貌推想起来,他们定是姓于的青年修学时代的同学。两个中的一个年长一点的人听了姓于的青年的话,就抢上一步说:

"质夫，客气话可以不必说了。可是有一件要紧的事情，我还没有问你，你的钱够用了么？"

姓于的青年听了，就放了捏着的迟生的手，用右手指着迟生回答说：

"吴君借给我的二十元，还没有动着，大约总够用了，谢谢你。"

他们四个人——于质夫、吴迟生在前，后面跟着二个于质夫的同学，是刚从于质夫的寓里出来，上长江轮船去的。

横过了电车路沿了滩外的冷清的步道走了二十分钟，他们已经走到招商局的轮船码头了。江里停着的几只轮船，前后都有几点黄黄的电灯点在那里。从黑暗的堆栈外的码头走上了船，招了一个在那里假睡的茶房，开了舱里的房门，在第四号官舱里坐了一会，于质夫就对吴迟生和另外的两个同学说：

"夜深了，你们可先请回去，诸君送我的好意，我已经谢不胜谢了。"

吴迟生也对另外的两个人说：

"那么你们请先回去，我就替你们做代表罢。"

于质夫又拍了迟生的肩说：

"你也请同去了罢。使你一个人回去，我更放心不下。"

迟生笑着回答说：

"我有什么要紧，只是他们两位，明天还要上公司去的，不可太睡迟了。"

质夫也接着对他的两位同学说：

"那么请你们两位先回去，我就留吴君在这儿谈罢。"

送他的两个同学上岸之后，于质夫就拉了迟生的手回到舱里来。原来今晚开的这只轮船，已经旧了，并且船身太大，所以航行颇慢。因此乘此船的乘客少得很。于质夫的第四号官舱，虽有两个舱位，单只住了他一个人。他拉了吴迟生的手进到舱里，把房门关上之后，忽觉得有一种神秘的感觉，同电流似的，在他的脑里经过了。在电灯下他的肩下坐定的迟生，也觉得有一种不可思议的感情发生，尽俯着首默默地坐在那里。质夫看着迟生的同蜡人似的脸色，感情竟压止不住了，就站起来紧紧的捏住了他的两手，面对面的对他幽幽的说：

"迟生，你同我去罢，你同我上 A 地去罢。"

这话还没有说出之先，质夫正在那里想：

"二十一岁的青年诗人兰勃（Arthur Rimbaud）①。一八七二年的佛尔兰（Paul Verlaine）②。白儿其国的田园风景。两个人的纯洁的爱。……"

这些不近人情的空想，竟变了一句话，表现了出来。质夫的心里实在想邀迟生和他同到 A 地去住几时，一则可以安慰他自家的寂

---

① 即兰波（1854—1891），法国象征主义诗人。
② 即魏尔伦（1844—1896），法国象征主义诗人。

宽，一则可以看守迟生的病体。迟生听了质夫的话，呆呆的对质夫看了一忽，好像心里有两个主意，在那里战争，一霎时解决不下的样子。质夫看了他这一副形容，更加觉得有一种热情，涌上他的心来，便不知不觉的逼进一步说：

"迟生你不必细想了，就答应了我罢。我们就同乘了这一只船去。"

听了这话，迟生反恢复了平时的态度，便含着了他固有的微笑说：

"质夫，我们后会的日期正长得很，何必如此呢？我希望你到了A地之后，能把你日常的生活，和心里的变化，详详细细写信来通报我，我也可以一样的写信给你，这岂不和同住在一块一样么？"

"话原是这样说，但是我只怕两人不见面的时候，感情就要疏冷下去。到了那时候我对你和你对我的目下的热情，就不得不被第三者夺去了。"

"要是这样，我们两个便算不得真朋友。人之相知，贵相知心，你难道还不能了解我的心么？"

听了这话，看看他那一双水盈盈的瞳仁，质夫忽然觉得感情激动起来，便把头低下去，搁在他的肩上说：

"你说什么话，要是我不能了解你，那我就不劝你同我去了。"

讲到这里，他的语声同小孩悲咽时候似的发起颤来了。他就停着不再说下去，一边却把他的眼睛，伏在迟生的肩上。迟生觉得有两道同热水似的热气浸透了他的鱼白大衫和蓝绸夹袄，传到他的肩上去。迟生也觉得忍不住了,轻轻的举起手来,在面上揩了一下,只呆呆的坐在那里看那十烛光的电灯。这夜里的空气,觉得沉静得同在坟墓里一样。舱外舷上忽有几声水手呼唤声和起重机滚船索的声音传来,质夫知道船快开了,他想马上站起来送迟生上岸去,但是心里又觉得这悲哀的甘味是不可多得的,无论如何总想多尝一忽。照原样的头靠在迟生的肩上,一动也不动的坐了几分钟,质夫听见房门外有人在那里敲门。他抬起头来问了一声是谁,门外的人便应声说:

"船快开了。送客的先生请上岸去罢。"

迟生听了,就慢慢的站了起来,质夫也默默的不作一声跟在迟生的后面,同他走上岸去。在灰黑的电灯光下同游水似的走到船侧的跳板上的时候,迟生忽然站住了。质夫抢上了一步,又把迟生的手紧紧的捏住,迟生脸上起了两处红晕,幽幽扬扬的说:

"质夫,我终究觉得对你不起,不能陪你在船上安慰你的长途的寂寞……"

"你不要替我担心思了,请你自家保重些。你上北京去的时候,千万请你写信来通知我。"

质夫一定要上岸来送迟生到码头外的路上。迟生怎么也不肯,质夫只能站在船侧,张大了两眼,看迟生回去。迟生转过了码头的堆栈,影子就小了下去,成了一点白点,向北在街灯光里出没了几次。那白点渐渐远了,更小了下去,过了六七分钟,站在船舷上的质夫就看不见迟生了。

　　质夫呆呆的在船舷上站了一会,深深的呼了一口空气,仰起头来看见了几颗明星在深蓝的天空里摇动,胸中忽然觉得悲哀起来。这种悲哀的感觉,就是质夫自身也不能解说,他自幼在日本留学,习惯了漂泊的生活,生离死别的情景,不知身尝了几多,照理论来,这一次与相交未久的吴迟生的离别,当然是没有什么悲伤的,但是他看看黄浦江上的夜景,看看一点一点小下去的吴迟生的瘦弱的影子,觉得将亡未亡的中国,将灭未灭的人类,茫茫的长夜,耿耿的秋星,都是伤心的种子。在这茫然不可捉摸的思想中间,他觉得他自家的黑暗的前程和吴迟生的纤弱的病体,更有使他泪落的地方。在船舷的灰色的空气中站了一会,他就慢慢的走到舱里去了。

二

　　长江轮船里的生活,虽然没有同海洋中间那么单调,然而与陆地隔绝后的心境,到底比平时平静。况且开船的第二天,天又降下了一天黄雾,长江两岸的风景,如烟如梦的带起伤惨的颜色来。在这悲哀的背景里,质夫把他过去几个月的生活,同手卷中的画幅一般回想出来了。

　　三月前头住在东京病院里的光景,出病院后和那少妇的关系,和污泥一样的他的性欲生活,向善的焦躁与贪恶的苦闷,逃往盐原温泉前后的心境,归国的决心。想到最后这一幕,他的忧郁的面上,忽然露出一痕微笑来,眼看着了江上午后的风景,背靠着了甲板上的栏杆,他便自言自语的说:

"泡影呀,昙花呀,我的新生活呀!唉!唉!"

这也是质夫的一种迷信,当他决计想把从来的腐败生活改善的时候,必要搬一次家,买几本新书或是旅行一次。半月前头,他动身回国的时候,也下了一次绝大的决心。他心里想:

"我这一次回国之后,必要把旧时的恶习改革得干干净净。戒烟戒酒戒女色。自家的品性上,也要加一段锻炼,使我的朋友全要惊异说我是与前相反了。……"

到了上海之后,他的生活仍旧是与从前一样,烟酒非但不戒下,并且更加加深了。女色虽然还没有去接近,但是他的性欲,不过变了一个方向,依旧在那里伸张。想到了这一个结果,他就觉得从前的决心,反成了一段讽刺,所以不觉叹气微笑起来。叹声还没有发完,他忽听见人在他的左肩下问他说:

"Was Seufzen Sie, Monsieur?"

(你为什么要发叹声?)

转过头来一看,原来这船的船长含了微笑,站在他的边上好久了,他因为尽在那里想过去的事情,所以没有觉得。这船长本来是丹麦人,在德国的留背克住过几年,所以德文讲得很好。质夫今天早晨在甲板上已经同他讲过话,因此这身材矮小的船长也把质夫当作了朋友。他们两人讲了些闲话,质夫就回到自己的舱里来了。

　　吃过了晚饭,在官舱的起坐室里看了一回书,他的思想又回到过去的生活上去,这一回的回想,却集中在吴迟生一个人的身上。原来质夫这一次回国来,本来是为转换生活状态而来,但是他正想动身的时候,接着了一封他的同学邝海如的信说:

　　　　我住在上海觉得苦得很。中国的空气是同癫病院的空气一样,渐渐的使人腐烂下去。我不能再住在中国了。你若要回来,就请你来替了我的职,到此地来暂且当几个月编辑罢。万一你不愿意住在上海,那么A省的法政专门学校要聘你去做教员去。

　　所以他一到上海,就住在他同学在那里当编辑的T书局的编辑所里。有一天晚上,他同邝海如在外边吃了晚饭回来的时候,在编辑所里遇着了一个瘦弱的青年,他听了这青年的同音乐似的话声,就觉得被他迷住了。这青年就是吴迟生呀!过了几天,他的同学邝海如要回到日本去,他和吴迟生及另外几个人在汇山码头送邝海如的行,船开之后,他同吴迟生就同坐了电车,回到编辑所来。他看看吴迟生的苍白的脸色和他的纤弱的身体,便问他说:

　　"吴君,你身体好不好?"

　　吴迟生不动神色的回答说:

"我是有病的,我害的是肺病。"

质夫听了这话,就不觉张大了眼睛惊异起来。因为有肺病的人,大概都不肯说自家的病的,但是吴迟生对了才遇见过两次的新友,竟如旧交一般的把自家的秘密病都讲了。质夫看了迟生的这种态度,心里就非常爱他,所以就劝他说:

"你若害这病,那么我劝你跟我上日本去养病去。"

他讲到这里,就把乔其慕亚的一篇诗想了出来,他的幻想一霎时的发展开来了。

"日本的郊外杂树丛生的地方,离东京不远,坐高架电车不过四五十分钟可达的地方,我愿和你两个人去租一间草舍儿来住。草舍的前后,要有青青的草地,草地的周围,要有一条小小的清溪。清溪里要有几尾游鱼。晚春时节,我好和你拿了锄耙,把花儿向草地里去种。在蔚蓝的天盖下,在和暖的熏风里,我与你躺在柔软的草上,好把那西洋的小曲儿来朗诵。初秋晚夏的时候,在将落未落的夕照中间,我好和你缓步逍遥,把落叶儿来数。冬天的早晨你未起来,我便替你做早饭,我不起来,你也好把早饭先做。我礼拜六的午后从学校里回来,你好到冷静的小车站上来候我。我和你去买些牛豚香片,便可作一夜的清谈,谈到礼拜的日中。书店里若有外国的新书到来,我和你省几日油盐,可去买一本新书来消那无聊的夜永。……"

质夫坐在电车上一边作这些空想,一边便不知不觉的把迟生的

手捏住了。他捏捏迟生的柔软的小手,心里又起了一种别样的幻想。面上红了一红,把头摇了一摇,他就对迟生问起无关紧要的话来:

"你的故乡是在什么地方?"

"我的故乡是直隶乡下,但是现在住在苏州了。"

"你还有兄弟姊妹没有?"

"有是有的,但是全死了。"

"你住在上海干什么?"

"我因为北京天气太冷,所以休了学,打算在上海过冬。并且这里朋友比较得多一点,所以觉得住在上海比北京更好些。"

这样的问答了几句,电车已经到了大马路外滩了。换了静安寺路的电车在跑马厅尽头处下车之后,质夫就邀迟生到编辑所里来闲谈。从此以后,他们两人的交际,便渐渐儿的亲密起来了。

质夫的意思以为大地间的情爱,除了男女的真真的恋爱外,以友情为最美。他在日本飘流了十来年,从未曾得着一次满足的恋爱,所以这一次遇见了吴迟生,觉得他的一腔不可发泄的热情,得了一个可以自由灌注的目标,说起来虽是他平生的一大快事,但是亦是他半生沦落未曾遇着一个真心女人的哀史的证明。有一天晴朗的晚上,迟生到编辑所来和他谈到夜半,质夫忽然想去洗澡去。邀了迟生和另外的两个朋友出编辑所走到马路上的时候,质夫觉得空气冷凉得很。他便问迟生说:

"你冷么?你若是怕冷,就钻到我的外套里来。"

迟生听了，在苍白的街灯光里，对质夫看了一眼，就把他那纤弱的身体倒在质夫的怀里。质夫觉得有一种不可名状的快感，从迟生的肉体传到他的身上去。

他们出浴堂已经是十二点钟了。走到三岔路口，要和迟生分手的时候，质夫觉得怎么也不能放迟生一个人回去，所以他就把迟生的手捏住说：

"你不要回去了，今天同我们上编辑所去睡罢。"

迟生也像有迟疑不忍回去的样子，质夫就用了强力把他拖来了。那一天晚上他们谈到午前五点钟才睡着。过了两天，A地就有电报来催，要质夫上A地的法政专门学校去当教员。

三

质夫登船后第三天的午前三点钟的时候，船到了A地。在昏黑的轮船码头上，质夫辨不出方向来，但看见有几颗淡淡的明星印在清冷的长江波影里。离开了码头上的嘈杂的群众，跟了一个法政专门学校里托好在那里招待他的人上岸之后，他觉得晚秋的凉气，已经到了这长江北岸的省城了。在码头近旁一家同十八世纪的英国乡下的旅舍似的旅馆里住下之后，他心里觉得孤寂得很。他本来是在大都会里生活惯的人，在这夜静更深的时候，到了这一处不热闹的客舍内，从微明的洋灯影里，看看这客室里的粗略的陈设，心里当

沉 沦

然是要惊惶的。一个招待他的酣睡未醒的人，对他说了几句话，从他的房里出去之后，他真觉得是闯入了龙王的水牢里的样子，他的脸上不觉有两颗珠泪滚下来了。

"要是迟生在这里，那我就不会这样的寂寞了。啊，迟生，这时候怕你正在电灯底下微微的笑着，在那里做好梦呢！"

在床上横靠了一忽，质夫看见格子窗一格一格的亮了起来，远远的鸡鸣声也听得见了。过了一会，有一部运载货物的单轮车，从窗外推过了，这车轮的仆独仆独的响声，好像是在那里报告天晴的样子。

侵旦，旅馆里有些动静的时候，从学校里差来接他的人也来了。把行李交给了他，质夫就坐了一乘人力车上学校里去。沿了长江，过了一条店家还未起来的冷清的小街，质夫的人力车就折向北去。车并着了一道城外的沟渠，在一条长堤上慢慢前进的时候，他就觉得元气恢复起来了。看看东边，以浓蓝的天空作了背景的一座白色的宝塔，把半规初出的太阳遮在那里。西边是一道古城，城外环绕着长沟，远近只有些起伏重叠的低岗和几排鹅黄疏淡的杨柳点缀在那里。他抬起头来远远见了几家如装在盆景假山上似的草舍。看看城墙上孤立在那里的一排电杆和电线，又看看远处的地平线和一湾苍茫无际的碧落，觉得在这自然的怀抱里，他的将来的成就定然是不少的。不晓是什么原因，不知不觉他竟起了一种感谢的心情。过了一忽，他忽然自言自语的说：

茫茫夜

"这谦虚的情！这谦虚的情！就是宗教的起源呀！淮尔特（Wilde）[①]呀，佛尔兰（Verlaine）呀！你们从狱里叫出来的'要谦虚'（Be humble）的意思我能了解了。"

车到了学校里，他就通名刺进去。跟了门房，转了几个弯，到了一处门上挂着"教务长"牌的房前的时候，他心里觉得不安得很。进了这房他看见一位三十上下的清瘦的教务长迎了出来。这教务长戴着一副不深的老式近视眼镜，口角上有两丛微微的胡须黑影，讲一句话，眼睛必开闭几次。质夫因为是初次见面，所以应对非常留意，格外的拘谨。讲了几句寻常套话之后，他就领质夫上正厅上去吃早饭。在早膳席上，他为质夫介绍了一番。质夫对了这些新见的同事，胸中感到一种异常的压迫，他一个人心里想：

"新媳妇初见姑嫂的时候，她的心理应该同我一样的。唉，在山泉水清，出山泉水浊，我还不如什么事也不干，一个人回到家里去贪懒的好。"

吃了早膳，把行李房屋整顿了一下，姓倪的那教务长就把功课时间表拿了过来。却好那一天是礼拜，质夫就预备第二日去上课。倪教务长把编讲义上课的情形讲了一遍之后，便轻轻的对质夫说：

"现在我们校里正是五风十雨的时候，上课时候的讲义，请你用全副精神来对付。礼拜三用的讲义，是要今天发才赶得及，请你

[①] 即王尔德（1854—1900），英国作家。

快些预备罢。"

他出去停了两个钟头，又跑上质夫那边来，那时候质夫已有一页讲义编好了。倪教务长拿起这页讲义来看的时候，神经过敏而且又是自尊心颇强的质夫，觉得被他侮辱了。但是一边心里又在那里恐惧，这种复杂的心理状态，怕没有就过事的人是不能了解的。他看了讲义之后，也不说好，也不说不好，但是质夫的纤细的神经却告诉质夫说：

"可以了，可以了，他已经满足了。"

恐惧的心思去了之后，质夫的自尊心又长了一倍，被侮辱的心思比从前也加一倍抬起头来，但是一种自然的势力，把这自尊心压了下去，教他忍受了。这教他忍受的心思，大约就是卑鄙的行为的原动力，若再长进几级，就不得不变成奴隶性质。现在社会上的许多成功者，多因为有这奴隶性质，才能成功，质夫初次的小成功，大约也是靠他这时候的这点奴隶性质而来的。

这一天晚上质夫上床的时候，却有两种矛盾的思想，在他的胸中来往。一种是恐惧的心思，就是怕学生不能赞成他。一种是喜悦的心思，就是觉得自家是专门学校的教授了。正在那里想的时候，他觉得有一个人钻进他的被来，他闭着眼睛，伸手去一摸，却是吴迟生。他和吴迟生颠颠倒倒的讲了许多话。到了第二天的早晨，斋夫进房来替他倒洗面水，他被斋夫惊醒的时候，才知道是一场好梦，他醒来的时候，两只手还紧紧的抱住在那里。

第二次上课钟打后，质夫跟了倪教务长去上课去。倪教务长先替他向学生介绍了几句，出课堂门去了，质夫就踏上讲坛去讲。这一天因为没有讲义稿子，所以他只空说了两点钟。正在那里讲的时候，质夫觉得有一种想博人欢心的虚伪的态度和言语，从他的面上口里流露出来。他心里一边在那里鄙笑自家，一边却怎么也禁不住这一种态度和这一种言语。大约这一种心理和前节所说的忍受的心理就是构成奴隶性质的基础罢？

好容易破题儿的第一天过去了。到了晚上九点钟的时候，倪教务长的苍黄的脸上浮着了一脸微笑，跑上质夫房里来。质夫匆忙站起来让他坐下之后，倪教务长便用了日本话，笑嘻嘻的对质夫说：

"你成功了。你今天大成功，你所教的几班，都来要求加钟点了。"

质夫心里虽然非常喜欢，但是面上却只装着一种漠不相关的样子。倪教务长到了这时候，也没有什么隐瞒了，便把学校里的内情全讲了出来。

"我们学校里，因为陆校长今年夏天同军阀李星狼麦连邑打了一架，并反对违法议员和驱逐李麦的走狗韩省长的原因，没有一天不被军阀所仇视。现在李麦和那些议员出了三千元钱，买收了几个学生，想在学校里捣乱。所以你没有到的几天，我们是一夕数惊，在这里防备的。今年下半年新聘了几个先生，又是招怪，都不能得学生的好感。所以要是你再受他们学生的攻击，那我们在教课上就站不住了。一个学校中，若聘的教员，不能得学生的好感，教课上不能铜墙铁壁的站住，风潮起来的时候，那你还有什么法子？现在好了，你总站得住了，我也大可以放心了。呵呵呵呵（底下又用了一句日本话），你成功了呀！"

质夫听了这些话，因为不晓得这 A 省的情形，所以也不十分明了，但是倪教务长对质夫是很满足的一件事情，质夫明明在他的言语态度上可以看得出来。从此质夫当初所怀着的那一种对学生对教务长的恐惧心，便一天一天的减少下去了。

四

学校内外浮荡着的暗云，一层一层的紧迫起来。本来是神经质的倪教务长和态度从容的陆校长常常在那里作密谈。质夫因为不谙那学校的情形，所以也没有什么惧怕，尽在那里干他自家一个人的事。

初到学校后二三天的紧张的精神，渐渐的弛缓下去的时候，质夫的许久不抬头的性欲又露起头角来了。因为时间与空间的关系，吴迟生的印象一天一天在他的脑海里消失下去。于是代此而兴，支配他的全体精神的欲情，便分成了二个方向起起作用来。一种是纯一的爱情，集中在他的一个年轻的学生身上。一种是间断偶发的冲动。这种冲动发作的时候，他竟完全成了无理性的野兽，非要到城里街上，和学校附近的乡间的贫民窟里去乱跑乱跳走一次，偷看几个女性，不能把他的性欲的冲动压制下去。有一天晚上，正是这冲动发作的时候，倪教务长不声不响的走进他的房里来忠告他说：

"质夫，你今天晚上不要跑出去。我们得着了一个消息，说是几个被李麦买取了的学生，预备今晚起事，我们教职员还是住在一处，不要出去的好。"

质夫在房里电灯下坐着，守了一个钟头，觉得苦极了。他对学校的风潮，还未曾经验过，所以并没有什么害怕，并且因为他到这学校不久，缠绕在这学校周围的空气，不能明白，所以更无危惧的心思。他听了倪教务长的话之后，只觉得有一种看热闹的好奇心起来，并没有别的观念。同西洋小孩在圣诞节的晚上盼望圣诞老人到来的样子，他反而一刻一刻的盼望这捣乱事件快些出现。等了一个钟头，学校里仍没有什么动静，他的好奇心，竟被他原有的冲动的发作压倒了。他从座位里站了起来，在房里走了几圈，又坐了一忽，又站起来走了几圈，觉得他的兽性，终究压不下去。换了一套中国衣服，他便悄悄的从大门走了出去。浓蓝的天影里，有几颗游星，在那里开闭。学校附近的郊外的路上黑得可怕。幸亏这一条路是沿着城墙沟渠的，所以黑暗中的城墙的轮廓和黑沉沉的城池的影子，还当作了他的行路的目标。他同瞎子似的在不平的路上跌了几脚，踏了几次空，走到北门城门外的时候，忽然想起城门是快要闭了。若或进城去，他在城里又无熟人，又没有法子弄得到一张出城券，事情是不容易解决的。所以在城门外迟疑了一会，他就回转了脚，一直沿了向北的那一条乡下的官道跑去。跑了一段，他跑到一处狭的街上了。他以为这样的城外市镇里，必有那些奇形怪状的最下流的妇人住着，他的冲动的目的物，正是这一流妇人。但是他在黄昏的小市上，跑来跑去跑了许多时候，终究寻不出一个妇人来。有时候虽有一二个蓬头的女子走过，却是人家的未成年的使婢。他在街上走了一会，又穿到漆黑的侧巷里去走了一会，终究不能达到他的目的。在一条无人通过的漆黑的侧巷里站着，他仰起头来看看幽远的天空，便轻轻的叹着说：

"我在外国苦了这许多年数，如今到中国来还要吃这样的苦。唉！我何苦呢，可怜我一生还未曾得着女人的爱惜过。啊，恋爱呀，你若可以学识来换的，我情愿将我所有的知识，完全交出来，与你换一个有血有泪的拥抱。啊。恋爱呀，我恨你是不能糊涂了事的。我恨你是不能以资格地位名誉来换的。我要灭这一层烦恼，我只有自杀……"

讲到了这里，他的面上忽然滚下了两粒粗泪来。他觉得站在这里，终究不是长久之计，就又同饿犬似的走上街来了。垂头丧气的正想回到校里来的时候，他忽然看见一家小小的卖香烟洋货的店里，有一个二十五六的女人坐在灰黄的电灯下，对了账簿算盘在那里结账。他远远的站在街上看了一忽，走来走去的走了几次，便不声不响的踱进了店去。那女人见他进去，就丢下了账目来问他：

"要买什么东西？"

先买了几封香烟,他便对那女人呆呆的看了一眼。由他这时候的眼光看来,这女人的容貌却是商家所罕有的。其实她也只是一个平常的女人,不过身材生得小,所以俏得很,衣服穿得还时髦,所以觉得有些动人的地方。他如饿犬似的贪看了一二分钟,便问她说:

"你有针卖没有?"

"是缝衣服的针么?"

"是的,但是我要一个用熟的针,最好请你卖一个新针给我之后,将拿新针与你用熟的针交换一下。"

那妇人便笑着回答说:

"你是拿去煮在药里的么?"

他便含糊的答应说:

"是的是的,你怎么知道?"

"我们乡下的仙方里,老有这些玩意儿的。"

"不错不错,这针倒还容易办得到,还有一件物事,可真是难办。"

"是什么呢?"

"是妇人们用的旧手帕,我一个人住在这里,又无朋友,所以这物事是怎么也求不到的,我已经决定不再去求了。"

"这样的也可以的么?"

一边说,一边那妇人从她的口袋里拿了一块洋布的旧手帕出来。质夫一见,觉得胸前就乱跳起来,便涨红了脸说:

"你若肯让给我,我情愿买一块顶好的手帕来和你换。"

"那请你拿去就对了,何必换呢。"

"谢谢,谢谢,真真是感激不尽了。"

质夫得了她的用旧的针和手帕,就跌来碰去的奔跑回家。路上有一阵凉冷的西风,吹上他的微红的脸来,那时候他觉得爽快极了。

回到了校内,他看看还是未曾熄灯。幽幽的回到房里,闩上了房门,他马上把骗来的那用旧的针和手帕从怀里取了出来。在桌前椅子上坐下,他就把那两件宝物掩在自家的口鼻上,深深地闻了一回香气。他又忽然注意到了桌上立在那里的那一面镜子,心里就马上想把现在的他的动作一一的照到镜子里去。取了镜子,把他自家的痴态看了一忽,他觉得这用旧的针子,还没有用得适当。呆呆的对镜子看了一二分钟。他就狠命的把针子向颊上刺了一针。本来为了兴奋的缘故,变得一块红一块白的面上,忽然滚出了一滴同玛瑙珠似的血来。他用那手帕揩了之后,看见镜子里的面上又滚了一颗圆润的血珠出来。对着了镜子里的面上的血珠,看看手帕上的猩红的血迹,闻闻那旧手帕和针子的香味,想想那手帕的主人公的态度,他觉得一种快感,把他的全身都浸遍了。

不多一忽,电灯熄了,他因为怕他现在所享受的快感,要被打断,所以动也不动的坐在黑暗的房里,还在那里贪尝那变态的快味。打更的人打到他的窗下的时候,他才同从梦里头醒来的人一样,抱着了那针子和手帕摸上他的床上去就寝。

五

　　清秋的好天气一天一天的连续过去，A地的自然景物，与质夫生起情感来了的学生对质夫的感情，也一天一天的浓厚起来，吃过晚饭之后，在学校近傍的菱湖公园里，与一群他所爱的青年学生，看看夕阳返照在残荷枝上的暮景，谈谈异国的流风遗韵，确是平生的一大快事。质夫觉得这一般知识欲很旺的青年，都成了他的亲爱的兄弟了。

　　有一天也是秋高气爽的晴朗的早晨，质夫与雀鸟同时起了床。盥洗之后，便含了一支伽利克，缓缓的走到菱湖公园去散步去。东天角上，太阳刚才启程，银红的天色渐渐的向西薄了下去，成了一种淡青的颜色。远近的泥田里，还有许多荷花的枯干同鱼栅似的立在那里。远远的山坡上，有几只白色的山羊同神话里的风景似的在那里吃枯草。他从学校近旁的山坡上，一直沿了一条向北的田塍细路走了过去，看看四周的田园清景，想想他目下所处的境遇，质夫觉得从前在东京的海岸酒楼上，对着了夕阳发的那些牢骚，不知消失到什么地方去了。

　　"我也可以满足了，照目下的状态能够持续得一二十年，那我的精神，怕更要发达呢。"

　　穿过了一条红桥，在一个空亭里立了一会，他就走到公园中心的那条柳荫路上去。回到学校之后,他又接着了一封从上海来的信,说他著的一部小说集已经快出版了。

  这一天午后他觉得精神非常爽快,所以上课的时候竟多讲了十分钟,他看看学生的面色,也都好像是很满足的样子。正要下课堂的时候,他忽听见前面寄宿舍和事务室的中间的通路上,有一阵摇铃的声音和学生喧闹的声音传了过来。他下了课堂,拿了书本跑过去一看,只见一群学生围着了一个青脸的学生在那里吵闹。那青脸的学生,面上带着一味杀气。他的颊下的一条刀伤痕更形容得他的狞恶。一群围住他的学生都摩拳擦掌的要打他。质夫看了一会,不晓得是怎么一回事,正在疑惑的时候,看见他的同乡教体操的王先生,从包围在那里的学生丛中,辟开了一条路,挤到那被包围的青脸学生面前,不问皂白,把那学生一把拖了到教员的议事厅上去。一边质夫又看见他的同事的监学唐伯名温温和和的对一群激愤的学生说:

  "你们不必动气,好好儿的回到自修室去罢,对于江杰的捣乱,我们自有办法在这里。"

  一半学生回自修室去了,一半学生跟在那青脸的学生后面叫着说:

  "打!打!"

  "打!打死他。不要脸的。受了李麦的金钱,你难道想卖同学么?"

  质夫跟了这一群学生,跑到议事厅上,见他的同事都立在那里。

同事中的最年长者,戴着一副墨眼镜,头上有一块秃的许明先,见了那青脸的学生,就对他说:

"你是一个好好的人,家里又还可以,何苦要干这些事呢?开除你的是学校的规则,并不是校长。钱是用得完的,你们年轻的人还是名誉要紧。李麦能利用你来捣乱学校,也定能利用别人来杀你的,你何苦去干这些事呢?"

许明先还没有说完,门外站着的学生都叫着说:

"打!"

"李麦的走狗!"

"不要脸的,摇一摇铃三十块钱,你这买卖真好啊。"

"打打!"

许明先听了门外学生的叫唤,便出来对学生说:

"你们看我面上,不要打他,只要他能悔过就对了。"

许明先一边说一边就招那青脸的学生——名叫江杰——出来,对众谢罪。谢罪之后,许明先就护送他出门外,命令他以后不准再来,江杰就垂头丧气的走了。

江杰走后,质夫从学生和同事的口头听来,才知道这江杰本来也是校内的学生,因为闹事的缘故,在去年开除的。现在他得了李麦的钱,以要求复学为名,想来捣乱,与校内八九个得钱的学生约好,用摇铃作记号,预备一齐闹起来的。质夫听了心里反觉得好笑,以为像这样的闹事,便闹死也没有什么。

过了三四天，也是一天晴朗的早晨十点钟的时候，质夫正在预备上课，忽然听见几个学生大声哄号起来。质夫出来一看，见议事厅上有八九个长大的学生，吃得酒醉醺醺，头向了天，带着了笑容，在那里哄号。不过一二分钟，教职员全体和许多学生都向议事厅走来。那八九个学生中间的一个最长的人便高声的对众人说：

"我们几个人是来搬校长的行李的。他是一个过激党，我们不愿意受过激党的教育。"

八九个中的一个矮小的人也对众人说：

"我们既然做了这事，就是不怕死的。若有人来拦阻我们，那要对他不起。"

说到这里，他在马褂袖里，拿了一把八寸长的刀出来。质夫看着门外站在那里的学生，起初同蜂巢里的雄蜂一样，还有些喃喃呐呐的声音，后来看了那矮小的人的小刀，就大家静了下去。质夫心里有点不平，想出来讲几句话，但是被他的同乡教体操的王先生拖住了。王先生对他说：

"事情到了这样，我与你站出去也压不下来了。我们都是外省人，何苦去与他们为难呢？他们本省的学生，尚且在那里旁观。"

那八九个学生一霎时就打到议事厅间壁的校长房里去，恰好这时候校长还不在家，他们就把校长的铺盖捆好了。因为那一个拿刀的人在门口守着。所以另外的人一个也不敢进到校长房里去拦阻他们。那八九个学生同做新戏似的笑了一声，最后跟着了那个拿刀的矮子，抬了校长的被褥，就慢慢的走出门去了。等他们走了之后，倪教务长和几个教员都指挥其余的学生，不要紊乱秩序，依旧去上课去。上了两个钟头课，吃午膳的时候，教职员全体主张停课一二天以观大势。午后质夫得了这闲空时间，倒落得自在，便跑上西门外的大观亭去玩去了。

大观亭的前面是汪洋的江水。江中靠右的地方，有几个沙渚浮在那里。阳光射在江水的微波上，映出了几条反射的光线来。洲渚上的苇草，也有头白了的，也有作青黄色的，远远望去，同一片平沙一样。后面有一方湖水，映着了青天，静静的躺在太阳的光里。沿着湖水有几处小山，有几处黄墙的寺院。看了这后面的风景，质夫忽然想起在洋画上看见过的瑞士四林湖的山水来了。一个人逛到傍晚的时候，看了西天日落的景色，他就回到学校里来。一进校门，遇着了几个从里面出来的学生，质夫觉得那几个学生的微笑的目光，都好像在那里哀怜他的样子。他胸里感着一种不快的情怀，觉得是回到了不该回的地方来了。

吃过了晚饭，他的同事都锁着了眉头，议论起那八九个学生搬校长铺盖时候的情形和解决的方法来。质夫脱离了这议论的团体，私下约了他的同乡教体操的王亦安，到菱湖公园去散步去。太阳刚才下山，西天还有半天金赤的余霞留在那里。天盖的四周，也染了这余霞的返照，映出一种紫红的颜色来。天心里有大半规月亮白洋洋地挂着，还没有放光。田塍路的角里和枯荷枝的脚上，都有些薄暮的影子看得出来了。质夫和亦安一边走一边谈，亦安把这次风潮的原因细细的讲给了质夫听：

"这一次风潮的历史，说起来也长得很。但是它的原因，却伏在今年六月里，当李星狼麦连邑杀学生蒋可奇的时候。那时候陆校长讲的几句话是的确厉害的。因为议员和军阀杀了蒋可奇，所以学生联合会有澄清选举反对非法议员的举动。因为有了这举动，所以不得不驱逐李麦的走狗想来召集议员的省长韩上成。因这几次政治运动的结果，军阀和议员的怨恨，都结在陆校长一人的身上。这一次议员和军阀想趁新省长来的时候，再开始活动，所以首先不得不去他们的劲敌陆校长。我听见说这几个学生从议员处得了二百元钱一个人。其余守中立的学生，也有得着十元十五元的。他们军阀和议员，连警察厅都买通了的，我听见说，今天北门站岗的巡警一个人还得着二元贿赂呢。此外还有想夺这校长做的一派人，和同陆校长倪教务长有反感的一派人也加在内，你说这风潮的原因复杂不复杂？"

穿过了公园西北面的空亭，走上园中大路的时候，质夫邀亦安上东面水田里的纯阳阁里去。

夜阴一刻一刻的深了起来，月亮也渐渐的放起光来了。天空里从银红到紫蓝，从紫蓝到淡青的变了好几次颜色。他们进纯阳阁的时候，屋内已经漆黑了。从黑暗中摸上了楼。他们看见有一盏菜油灯点在上首的桌上。从这一粒微光中照出来的红漆的佛座，和桌上的供物，及两壁的幡对之类，都带着些神秘的形容。亦安向四周看了一看，对质夫说：

"纯阳祖师的签是非常灵的，我们各人求一张罢。"

质夫同意了，得了一张三十八签中吉。

他们下楼，走到公园中间那条大路的时候，星月的光辉，已经把道旁的杨柳影子印在地上了。

闹事之后，学校里停了两天课。到了礼拜六的下午，教职员又开了一次大会，决定下礼拜一暂且开始上课一礼拜，若说官厅没有适当的处置，再行停课。正是这一天的晚上八点钟的时候，质夫刚在房里看他的从外国寄来的报，忽听见议事厅前后，又有哄号的声音传了过来。他跑出去一看，只见有五六个穿农夫衣服，相貌狞恶的人，跟了前次的八九个学生，在那里乱跳乱叫。当质夫跑近他们身边的时候，八九个人中最长的那学生就对质夫拱拱手说：

"对不起，对不起，请老师不要惊慌，我们此次来，不过是为搬教务长和监学的行李来的。"

质夫也着了急，问他们说：

"你们何必这样呢？"

"实在是对老师不起！"

那一个最长的学生还没有说完，质夫看见有一个农夫似的人跑到那学生身边说：

"先生，两个行李已经搬出去了，另外还有没有？"

那学生却回答说：

"没有了，你们去罢。"

这样的下了一个命令，他又回转来对质夫拱了一拱手说：

"我们实在也是出于不得已，只有请老师原谅原谅。"

又拱了拱手，他就走出去了。

这一天晚上行李被他们搬去的倪教务长和唐监学二人都不在校内。闹了这一场之后，校内同暴风过后的海上一样，反而静了下去。王亦安和质夫同几个同病相怜的教员，合在一处谈议此后的处置。质夫主张马上就把行李搬出校外，以后绝对的不再来了。王亦安光着眼睛对质夫说：

"不能不能，你和希圣怎么也不能现在搬出去。他们学生对希圣和你的感情最好。现在他们中立的多数学生，正在那里开会，决计留你们几个在校内，仍复继续替他们上课。并且有人在大门口守着，不准你们出去。"

中立的多数学生果真是像在那里开会似的，学校内弥漫着一种紧迫沉默的空气，同重病人的房里沉默着的空气一样。几个教职员大家合议的结果，议决方希圣和于质夫二人，于晚上十二点钟乘学生全睡着的时候出校，其余的人一律于明天早晨搬出去。

天潇潇的下起雨来了。质夫回到房里，把行李物件收拾了一下，便坐在电灯下连连续续的吸起烟来。等了好久，王亦安轻轻的来说：

"现在可以出去了。我陪你们两个人出去,希圣立在桂花树底下等你。"

他们三人轻轻的走到门口的时候,门房里忽然走出了一个学生来问说:

"三位老师难道要出去么?我是代表多数同学来求三位老师不要出去的。我们总不能使他们几个学生来破坏我们的学校,到了明朝,我们总要想个法子,要求省长来解决他们。"

讲到这里,那学生的眼睛已有一圈红了。王亦安对他作了一揖说:

"你要是爱我们的,请你放我们走罢,住在这里怕有危险。"

那学生忽然落了一颗眼泪,咬了一咬牙齿说:

"既然这样,请三位老师等一等,我去寻几位同学来陪三位老师进城,夜深了,怕路上不便。"

那学生跑进去之后,他们三人马上叫门房开了门,在黑暗中冒着雨就走了。走了三五分钟,他们忽听见后面有脚步声在那里追逐,他们就放大了脚步赶快走来,同时后面的人却叫着说:

"我们不是坏人,请三位老师不要怕,我们是来陪老师们进城的。"

听了这话,他们的脚步便放小来。质夫回头来一看,见有四个学生拿了一盏洋油行灯,跟在他们的后面。其中有二个学生,却是质夫教的一班里的。

六

　　第二天的午后，从学校里搬出来的教职员全体，就上省长公署去见新到任的省长。那省长本来是质夫的胞兄的朋友，质夫与他亦曾在西湖上会过的。历任过交通司法总长的这省长，讲了许多安慰教职员的话之后，却作了一个"总有办法"的回答。

　　质夫和另外的几个教职员，自从学校里搬出来之后，便同丧家之犬一样，陷到了去又去不得留又不能留的地位。因为连续的下了几天雨，所以质夫只能蛰居在一家小客栈里，不能出去闲逛。他就把他自己与另外的几个同事的这几日的生活，比作了未决囚的生活。每自嘲自慰的对人说：

　　"文明进步了，目下教员都要蒙尘了。"

　　性欲比人一倍强盛的质夫，处了这样的逆境，当然是不能安分的。他竟瞒着了同住的几个同事，到娼家去进出起来了。

　　从学校里搬出来之后，约有一礼拜的光景。他恨省长不能速行解决闹事的学生，所以那一天晚上吃晚饭的时候就多喝了几杯酒。这兴奋剂一下喉，他的兽性又起作用来，就独自一个走上一位带有家眷的他的同事家里去。那一位同事本来是质夫在 A 地短时日中所得的最好的朋友。质夫上他家去，本来是有一种漠然的预感和希望怀着，坐谈了一会，他竟把他的本性显露了出来，那同事便用了英文对他说：

"你既然这样的无聊，我就带你上班子里逛去。"

穿过了几条街巷，从一条狭而又黑的巷口走进去的时候，质夫的胸前又跳跃起来，因为他虽在日本经过这种生活，但是在他的故国，却从没有进过这些地方。走到门前有一处卖香烟橘子的小铺和一排人力车停着的一家墙门口，他的同事便跑了进去。他在门口仰起头来一看，门楣上有一块白漆的马口铁写着"鹿和班"的三个红字，挂在那里，他迟了一步，也跟着他的同事进去了。

坐在门里两旁的几个奇形怪状的男人，看见了他的同事和他，便站了起来，放大了喉咙叫着说：

"引路！荷珠姑娘房里。吴老爷来了！"

他的同事吴风世不慌不忙的招呼他进了一间二丈来宽的房里坐下之后，便用了英文问他说：

"你要怎么样的姑娘？你且把条件讲给我听，我好替你介绍。"

质夫在一张红木椅上坐定后，便也用了英文对吴风世说：

"这是你情人的房么？陈设得好精致，你究竟是一位有福的嫖客。"

"你把条件讲给我听罢，我好替你介绍。"

"我的条件讲出来你不要笑。"

"你且讲来罢。"

"我有三个条件，第一要她是不好看的，第二要年纪大一点，第三要客少。"

"你倒是一个老嫖客。"

讲到这里,吴风世的姑娘进房来了。她头上梳着辫子,皮色不白,但是有一种婉转的风味。穿的是一件虾青大花的缎子夹衫,一条玄色素缎的短脚裤。一进房就对吴风世说:

"说什么鬼话,我们不懂的呀!"

"这一位于老爷是外国来的,他是外国人,不懂中国话。"

质夫站起来对荷珠说:

"假的假的,吴老爷说的是谎,你想我若不懂中国话,怎么还要上这里来呢?"

荷珠笑着说:

"你究竟是不是中国人?"

"你难道还在疑信么?"

"你是中国人,你何以要穿外国衣服?"

"我因为没有钱做中国衣服。"

"做外国衣服难道不要钱的么?"

吴风世听了一忽,就叫荷珠说:

"荷珠,你给于老爷荐举一个姑娘罢。"

"于老爷喜欢怎么样的?碧玉好不好?春红?香云?海棠?"

吴风世听了海棠两字,就对质夫说:

"海棠好不好?"

质夫回答说：

"我又不曾见过，怎么知道好不好呢？海棠与我提出的条件合不合？"

风世便大笑说：

"条件悉合，就是海棠罢。"

荷珠对她的假母说：

"去请海棠姑娘过来。"

假母去了一忽来回说：

"海棠姑娘在那里看戏，打发人去叫去了。"

从戏院到那鹿和班来回总有三十分钟，这三十分钟中间，质夫觉得好像是被悬挂在空中的样子，正不知如何的消遣才好。他讲了些闲话，一个人觉得无聊，不知不觉，就把两只手抱起膝来。吴风世看了他这样子，就马上用了英文警告他说：

"不行不行，抱膝的事，在班子里是大忌的。因为这是闲空的象征。"

质夫听了，觉得好笑，便也用了英文问他说：

"另外还有什么礼节没有？请你全对我说了罢，免得被她们姑娘笑我。"

正说到这里，门帘开了，走进了一个年约二十二三，身材矮小的姑娘来。她的青灰色的额角广得很，但是又低得很，头发也不厚，所以一眼看来，觉得她的容貌同动物学上的原始猴类一样。一双鲁钝挂下的眼睛，和一张比较长狭的嘴，一见就可以知道她的性格是忠厚的。她穿的是一件明蓝花缎的夹袄，上面罩着一件雪色大花缎子的背心，底下是一条雪灰的牡丹花缎的短脚裤。她一进来，荷珠就替她介绍说：

"对你的是这一位于老爷，他是新从外国回来的。"

质夫心里想，这一位大约就是海棠了。她的面貌却正合我的三个条件，但是她何以会这样一点儿娇态都没有。海棠听了荷珠的话，也不作声，只呆呆的对质夫看了一眼。荷珠问她今天晚上的戏好不好，她就显出了一副认真的样子，说今晚上的戏不好，但是新上台的小放牛却好得很，可惜只看了半出，没有看完。质夫听了她那慢慢的无娇态的话，心里觉得奇怪得很，以为她不像妓院里的姑娘。吴风世等她讲完了话之后，就叫她说：

"海棠！到你房里去罢，这一位于老爷是外国人，你可要待他格外客气才行。"

质夫、风世和荷珠三人都跟了海棠到她房里去。质夫一进海棠的房，就看见一个四十上下的女人，鼻上起了几条皱纹，笑嘻嘻的迎了出来。她的青青的面色，和角上有些吊起的一双眼睛，薄薄的淡白的嘴唇，都使质夫感着一种可怕可恶的印象，她待质夫也很殷勤，但是质夫总觉得她是一个恶人。

在海棠房里坐了一个多钟头，讲了些无边无际的话，质夫和风世都出来了。一出那条狭巷，就是大街，那时候街上的店铺都已闭

门,四围静寂得很,质夫忽然想起了英文的"Dead City"①两个字来,他就幽幽的对风世说:

"风世!我已经成了一个 Living Corpse② 了。"

走到十字路口,质夫就和风世分了手。他们两个各听见各人的脚步声渐渐儿的低了下去,不多一忽,这入人心脾的足音,也被黑暗的夜气吞没下去了。

一九二二年二月

---

① 英文:死城。

② 英文:活死人。